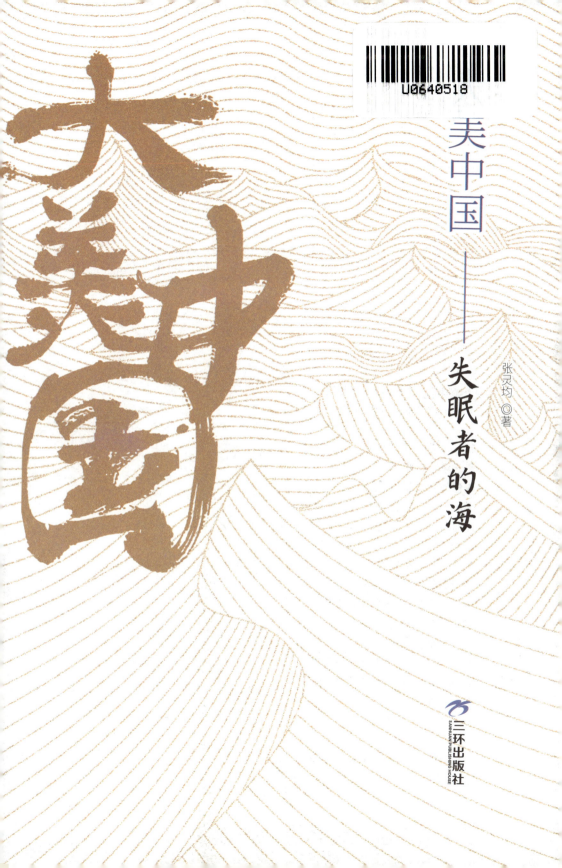

大美中国

美中国

失眠者的海

张灵均 ◎ 著

三环出版社
SANHUAN PUBLISHING HOUSE

图书在版编目（CIP）数据

失眠者的海 / 张灵均著 . -- 海口：三环出版社（海南）有限公司，2024. 9. --（大美中国）. -- ISBN 978-7-80773-294-5

Ⅰ. I267

中国国家版本馆 CIP 数据核字第 2024ZF8732 号

大美中国　失眠者的海

DAMEI ZHONGGUO　SHIMIANZHE DE HAI

著　　者	张灵均
责任编辑	张华华
责任校对	华传通
装帧设计	吕宜昌
出版发行	三环出版社（海口市金盘开发区建设三横路 2 号）
	邮　编 570216　　邮　箱 sanhuanbook@163.com
社　　长	王景霞　　总 编 辑 张秋林
印刷装订	三河市同力彩印有限公司
书　　号	ISBN 978-7-80773-294-5
印　　张	13
字　　数	150 千字
版　　次	2024 年 9 月第 1 版
印　　次	2024 年 9 月第 1 次印刷
开　　本	690 mm × 960 mm　　1/16
定　　价	68.00 元

失眠者的海
Contents 目录

江岭的夜有多长

　　一路的雨水浇灭了入徽的星光，也浇灭了婺源沿途村落的灯火。

　　我如一只夜航的海鸟，落入黑夜的睡袍，上不着天，下不着地。

　　夜，大海一样绵延，无边无际。我们长途跋涉，去看江岭的油菜花，以及水墨画一般的徽派民居。抵达江岭的时候，已经是凌晨一点钟了。雨就像我的急刹车，突然打住了。那么巧合，又那么无奈。我先后敲开了村子里所有的客栈，都爆满了。看来注定要露宿江岭山野了。

　　这时候，四围的山峦都寂静地睡着了。

　　而山风像不爱睡觉的顽童，趁此机会溜下山来。本来山腰和山脚的油菜花早已和山一样睡觉了的，经山风这么一撩一弄的，睡眼惺忪的油菜花，便有了磕磕碰碰了。你

挤我一下，我就推你一把，像幼儿园放学的小朋友，一时间没了秩序，乱哄哄的，挤得大伙香汗淋漓，还不肯罢手。

我从老远就闻到了油菜们身上散发的那股花香气息。山风仍在幸灾乐祸，好像今晚非搅得油菜花们发动一场家族之间的战争不可。山风已然像一个野孩子，看见油菜花这般模样，竟沾沾自喜。以为在这个雨后初晴的夜晚，没有月光和星光，谁也不知道你是个捣蛋的坏家伙。

当油菜花手挽着手的时候，山风知道闯祸了，就开溜了！从山腰，到了山脚。居然大大咧咧地进了村庄，还是那副德行，脚不住、手不停的。一会儿，摇摇老屋前的那树梨花，吓得梨树的花蕊乱颤，生怕从枝头掉下来；一会儿，推推老屋那紧闭的大门，好像它也是从很远的地方赶来借宿的。

殊不知，奔波千里的我和同伴们还缩在车子里过夜。

一下子拥来那么多的外乡人，江岭小小的胃功能又岂能消化得了？你看那停满公路两侧的大小车子里，不时还有阵阵的唠嗑声逸出来吗？尽管他们先我们抵达，可他们的际遇和我一样有点惨不忍睹。

说惨的，还有坪子里的那树桃花。其实也不全关山风的事，是那胆小的桃花自个儿一瓣一瓣地跌了下来，仿佛像黛玉的眼泪纷飞。当然，桃花并没有去惹那山风。我敢作证，是那只躲在桃枝上睡觉的花猫蹿了下来乱了方寸，刮痛了桃花的身子。桃花仍然怪罪山风，没有一点风度，不晓得怜香惜玉。

而那只花猫躲得无影无踪了。

似乎这一切是在悄然之间进行的，抑或是村庄对眼前发生的一切习以为常，全然没有半点知觉。仿佛村庄睡得比山峦还沉，想象那屋里的人都做着春梦，美滋滋地不泄露半点笑靥，连那些先我们进村的旅人，也梦里不知身是客。

今夜，露宿山野的我，也想融入这甜美的梦境中，却委实无法入眠。仿佛举世皆睡，我独醒似的。的确，来到一个陌生的地方，一切那么新鲜、透亮。好奇心与异乡差异带来莫名的情绪高涨，我又岂能做到随遇而安？尽管此刻是凌晨两点了，放眼一望，远近天际一片黝黑。

一个人独自下车，借着打火机微弱的火光，我在马路上徘徊，又不敢擅自走远。这种莫名的心境，让我不知道如何解脱。

如果天气还好一些，如果天空挂了一轮明月，那情形又不一样了。至少我还能无所顾忌地欣赏夜色，纵情夜景。大凡一处好山水、好风物，不只白天才适合观光，有时夜晚呈现的姿态与白天的截然不同，甚至还带有某种神秘性。

今夜，没有月光、星光的照耀，看来是我的机缘不好。阿弥

陀佛，本施主心里告诫自己不能太贪图红尘俗物，口里却念念有词：既来之，则安之。就像泥泞是水的尘埃一样，在这条泥泞的小道上，我提起裤脚小心翼翼地走……香烟在手中一支支明灭。我不知抽了多少支，也没有点亮天上的星空。手总是下意识伸进口袋里掏烟，发现只剩下一个空盒子。一下子，便觉得这个夜晚长了许多，也空洞了许多。正愁拿不出什么来打发这个漫漫长夜时，只见一盏灯忽然亮在那家挨山脚最近的客栈里，像点燃了我抛出去的目光似的。心，咯噔一下，也就亮了。

这时候，我这个三百度近视的人成了明眼人，像百米冲刺的运动员一样，没有一丁点迟疑，仿佛那才是我的岸，我的终点站。我的出现，把那个店老板着实吓了一跳，两眼直瞪我这个不速之客。在距他几米远的地方，我收稳了脚步，连连喊着"对不起"并说明了来意，他这才如释重负。我跟着他走进了堂屋里，如愿地买到了香烟，他还给我让座，并端了一杯热茶说"愿不愿意打地铺"，就有了我与他的聊天。

这位胡姓的店主其实蛮年轻，今年才三十二岁，看上去却比实际年龄要大十岁。那黑黑的皮肤显得有些粗糙，身板子却胖墩墩的，水牛一样壮硕。看得出有使不完的力，一定是庄稼地里的好把式。这一点，我不会看走眼的。因为，我也是从庄稼地里走出来的一条汉子。这位胡老板埋怨我不早些联系住宿，人家个把月前就订好了房间，大多是在网上预订的。他还告诉我：他家种了十亩地，过去主要靠种田养家糊口，祖祖辈辈都是这样过来的。做梦也没想到，那开了几百上千年的油菜花会在一夜之间，成为他和他们江岭人致富的兆运。天南海北的人，一齐朝这里拥来。就是没有油菜花开的季节，游客们照样络绎不绝。可以说是逼着他赚钱，客栈由此应运而生。至于你们千里迢迢而来，又哪个地方没有油菜花呢？

是啊，在中国农村，几乎处处都能看见上好的油菜花，为何江岭偏偏成了油菜花的故乡，大家纷至沓来？这一点，我也没有探悉清明。何况，我又不是一个哲学家、思想家，会从人与物的精神层面上分析，甚至对这个地域刨根问底，弄个水落石出。我充其量是半个诗人兼摄影爱好者，人家说江岭三月春光好，相约说来，我就来了。

从店主家出来，已经是夜半三更了。

我仍然没有回到车子内打盹、眯一下。便觉得自己不像一个山水霞客，而更像个守更的使者，驱赶着黑暗，迎接着光明。

这个时候，连山风也收敛了起初的野性，安安静静地伏在油菜地里，仿佛也累得趴下了，一动也不动的。山风不闹了，那些不知名字的虫子就钻了出来，也不知是谁惹了谁。蹼在这条还有泥水的乡村公路上，我听见那虫子们喋喋不休——一声长，一声短的，有时还争吵得激烈，不知什么事情白天没有说清楚，晚上睡一觉醒来接着吵。反正，我一句也听不懂虫子的语言。我像到了国外一样，非得请一个懂外语的翻译，方能弄清谁是谁非。管着虫子们闲事的人，在这个夜晚恐怕也只有我了。兴许虫子那点儿事，才不劳驾我这个庞然大物。我自作多情到了这份儿上，好像自己也是一条不安分的虫子，游离于田野阡陌之间。

隐隐地，就听见了水声。沿着那水声指出的方向，我一路寻觅过去，仿佛是寻找夜的灵魂。从小生长在水边，水照着我水样的年华。今夜身处异乡，便有了漂与泊这两种感受：水是无依的，漂泊也是无依的；水是凄柔的，漂泊也是凄柔的；水是悠长的，漂泊也是悠长的。漂是动的，而泊是定的，漂无方位而泊有；漂是一种辛勤的劳动，而泊是劳动之后的一种短暂的休整。

那么，今夜的我，是漂，还是泊？我要让这溪流的水声来回答。

"仍怜故乡水，万里

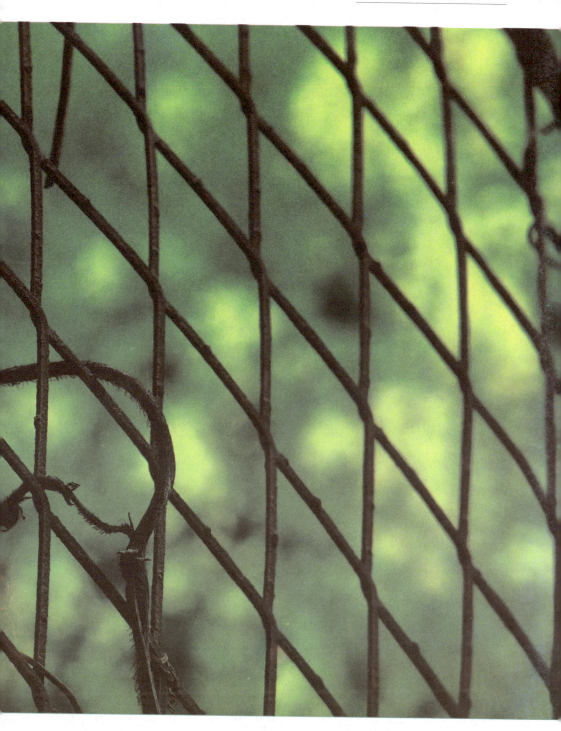

送行舟。"

　　这是李太白二十三岁那年离蜀出游的一种心境。

　　三十三年之后，年近花甲的太白回到故乡，那感觉是两鬓霜花了。同样是漂泊，年轻时是那么明快而轻捷，及至老来，步子变得沉重而涩滞。

　　这三十三年，加重了漂泊的分量，成为生命承担不起的重荷。出门时带着空空的行囊，归家时依然两手空空。人生的悲寂涌上心头，带着无奈的心境，走向生命的彼岸。

　　今夜的我，为什么忽然想起那个唐朝的李太白？或许，"念吾一身，飘然旷野"，暗夜无边，只有孤灯一盏，在夜风中摇曳。心境虽有相似，但际遇仍有不同。他是诗仙，更容易感怀，镜花溅起泪水。而我，一个凡夫俗子，未必因一个小小的失落，可以让鸟声惊了心潭之水。与李太白的漂泊相比，这些年，我倒更像是坐牢，一种凡俗生活构筑的牢房，这辈子要坐穿牢底。偶尔的游山玩水，只不过是短暂的放风时间，因此，我才会尤为珍惜。譬如今夜，我怜爱世间的万物。

　　此刻，盈耳的溪水声渐近，且清爽爽地脆响在我的脚下，格外亲切。

　　借着那丁点的天光，顺青石板铺的仄道，过了一座石拱桥，看见一块跳石伸入溪水中央，我走过去，索性蹲在跳石上，聆听溪水快乐且无忧的心率跳动。

　　她穿过几千年的岁月，仍旧有韵地流淌着，跨越时间和空间，朝着永恒奔走……

　　仿佛在时间的那一端，那是李唐的杜子美向我招手。

　　这一夜，我是无法走向时间的那一端的。他也无法走过来，我就这样与这位孤病老人错过了相逢的机会。后来才听说他坐船在长江上漂泊，他的那端充满了流血与杀戮。在品味了人生之后，情何以堪？最后病死在漂泊的路上。史载是过了青草湖，到了汨罗江的上游平江小田村，便走到了人生的尽头。

比杜子美胡须还长得多的三闾大夫屈原也死在这条水路上。一个在上游，另一个在下游。一条汨罗江埋葬了两个伟大的诗魂。

一条并不起眼的江，从此不寂寞了。

在时间的这一端，汨罗江是我的出生地，他们的终点成了我生命的起点。

我庆幸：自己还在放风的路上，也懒得哀其生命的终点又漂泊到何方。

　　"大江东去，浪淘尽，千古风流人物。"赵宋的苏东坡晚景不也是惨兮兮的吗？此刻，李唐的喧哗也好，赵宋的忧伤也罢，早已化为尘土灰飞烟灭了。尘世的烦恼，在清明的溪水中得以洗涤。溪水幽婉，一边抚慰着我受过伤的心灵，一边哼着清朗朗的水韵歌谣，把我心境洗得恬淡透明，清澈见底。

　　所谓禅宗的彻悟，大抵不过如此。

　　此刻，不知是心境的明朗，还是黑夜从这个山村开始"撤兵"，我看见天光渐明渐亮了，有乳白色的浓雾一团团、一簇簇涌来。我这才发现头发湿了，睫毛上挂着的不是泪水，而是朝露，一粒粒的、圆圆的，像草里藏珠一样，比我的镜片要晶莹剔透得多，还真舍不得摘下来。

　　浸染在江岭水汽盈盈的夜晚，也许是我前世修来的际遇。

　　回到红尘，我仍是芸芸众生中的平头布衣，在如水的平凡生活里，像蚂蚁一样热爱大地，无论沉浮。

溪水中的理坑

　　在享受了江岭漫山遍野的油菜花带来的视觉盛宴之后，于折回婺源县城的路上，拐进了理坑。仿佛是没有道理一样，我一声不吭地来到了这个栽在溪水中的村庄，像水稻栽在田地里一样意味深长，令人乐意像农人那般，去探究水稻是如何扎根、分蘖、发苗、孕穗、扬花一样，去寻觅理坑那神秘的生命历程。

　　沿着德夯式的峡谷，老远就有一条潺潺的溪流擦过我的视线，像云朵擦过悬崖，掠过丛林的缝隙一样，那么飘逸又那么义无反顾。她穿过村庄，穿过理坑千年的时空，带着村庄的些许烟

火昧，还有那如雪似絮的浪花，毫无理性地与村庄背道而驰。她没有向村庄禀报她要去的地方，好像只要离开了这个山坡地带，去她愿意去的地方，那沿途的曲折与艰辛，她会当作一种快乐来歌唱。一路的浪花，就是她用生命演绎的歌声。溪水，溪水，我只想陪你浪迹天涯。一条溪水能走多远，我不知道。只要谁接住你流浪的脚步，你就是谁怀里今生今世永恒的情人。是江河，抑或是湖泊，你都能成为他们一生的至爱。也难怪你能以柔克刚，呈现那么坚定的个性，挣脱大山的怀抱。

于村庄来说，你是叛逆的。但村庄还是包容了你，也放纵了你。村庄是你永远的源头。村庄先前不叫理坑，而是叫理源。照我的揣摩，这个理既有理解的意思，也有传承理学的意味。而源即有源头之意，仿佛天生就是溪水的化身。上苍造物，给了你国色天香，却成不了村庄的女儿。你要知道，你在理上亏了理源，也坑了理源的女儿，让她们再也没有机会走出理源。村里的女儿妒忌你，羡慕你。最早的妒忌就真是一种女儿病，后来村子里读过一些书的长老们，就把理源改叫理坑了。兴许我的理解不足为凭，而村庄没走出多少女儿，却是不争的事实。因为最早的村庄没有几户人家，散落在大山的臂弯里，为何能到现在沿溪两侧屋挨屋，挤出蜿蜒的长龙阵，又遥相呼应，怕有几百上千户人家厮守着这方土地，相望相生，生生不息繁衍着理坑的血脉。长此以往，理坑的女儿都成了理坑的女人，承担着另一种责任与使命。也有一些做了朱明大官的人，是相中了这块风水宝地，还是看上了这里溪水一样灵秀的女儿，隐逸在这个村庄里？带着种种的疑惑，我向理坑交出了我全部的好奇。

一段长长的山路之后，理坑向我敞开了胸襟。走在蜿蜒的青石板上，抬头望一眼清一色的灰白高墙，与那黛色的瓦，还与并不稀疏的松呀竹的倩影互衬，加上那东一棵桃花唱红，西一株李树歌白。那古道、那石梁、那灵动的溪水交错生辉。那徽派风格的风火山墙，以及高耸的垂脊和起翘，映衬着那层层叠叠的远山，呈现出的多种立体色彩浑然天成。在这三月的春光里，淡雅中透着几分明快和清朗。这时的理坑，宛若在水一方的小家碧玉，那片片黛瓦成了她高绾的发髻，一泓浪花堆雪的溪水，便是她盈盈眉宇间的秋波了，无限缠绵且柔情万种。年年的春草如法国的丝绒，在理坑的土地，淹没了南来旧辙，北往新履，有点像白居易的离离原上草，一岁一枯荣。那村口梨花白了桃花红，不知灼痛了多少痴男信女的眼睛。遗梦的廊桥上，又会有多少送往迎来聚散两依依的叹息声？顺着石板桥两道的石级，村子里的女人们，正在驳岸的溪水里浣洗衣物。只听见那棒槌的声音此消彼

长，有如断续寒砧断续风，把那人间的烟火味交给溪水送出了
大山。

穿小巷，过弄道，仿佛进入了封存好久的南宋年，墙影憧
憧，古韵留香。一棵树、一片村庄，追溯起来都是千百年的如影
往事。每一扇木窗，一幅雕刻，都在开启多少丰润而断灭的故事
的首页。徜徉在理坑的村落里，恍惚走在上古的民俗里。那重重
的木门虚掩着开合的嘴唇，是否想吐纳积聚已久的由衷；那门环
上生锈的铜锁，又是否锁了一屋子风光流转的乾坤；那裙袂轻盈
的女儿，此刻，你又待在哪重门庭里的阁楼上，对镜梳理心事。
庭外的桃花不负春光，你桃花的脸庞可曾春意盎然？门外的书生
站了许久，不见你嫣然洞开的心房。凡夫俗子又怎能看见你悄然
撩开的门帘，以及门帘后面藏着的那对潭水一样忧郁的眼睛。转
身而去的书生低吟浅诵着一首咏春的古词：拍堤春水蘸垂杨，水
流花片香。弄花嚼柳小鸳鸯，一双随一双。帘半卷，露新妆，春
衫是柳黄。倚阑看处背斜阳，风流暗断肠。词音刚落，一柄红纸
伞掠过，那是谁家的女儿？人影修长，一袭红装，发也飘飘，看
上去属于花骨朵儿的那种美人，养眼！惹来身后几个扛"长枪短
炮"的摄影人追逐着。在灰白主调的巷道里，红装的女儿是多么
的鲜活，如白云之于蓝天，鸟儿之于森林，火把之于黑夜的那种
气象。待我也从包内取出照相机时，那游动如红霞的风景款款飘
进了小巷的弯道。当我走到拐弯处时，又出现两条巷道，左顾右
盼，那团灼人炫目的火焰已经消失。便感觉目光过处，小巷的色
调暗了许多。忙截住一个迎面而来的摄影人，才知道是一家时尚
杂志请的封面模特，说人家众星捧月进了一个大宅门吃午餐去
了。我穿过几条巷道也没找到那个大宅门。这里每一个院落都有

一个大宅门，足以让人想象出曾经拥有的辉煌，且看到风雨中的人生难以预料。望着寂静空寥的走廊和枯槁剥落的梁柱，有一种如梦如烟的感觉，因为这一切似乎过于真实，又那么虚无缥缈。今天与昨天，历史与现实，就在一扇门与另一扇门之间，推开就有阵阵不可抗拒的陈年往事，或惊心动魄，或如泣如诉，像蒙太奇一般演绎。仿佛要再次向这个世界昭示，她仍在江西绵延不绝的群山之中，在一个时代之于另一个时代的时间之外。此刻，在我缄默的同时，村庄也是缄默的。我毫不费力地感受到昔日荣华后面遮盖着的凄婉和哀怨。我的一声短叹淹没在村庄的长叹声中，没有回音，又似乎处处荡着回音。

有人说：古时的理坑是官宦人家的桃花源，也是婺源县域内旧官宅府第最多的村落。史书上有记载的七品以上的官宦有

三十六个以上，其中进士十六人，至于文人学士不计其数。行走于曾是官邸名府、而今已然成为斑驳的民宅的理坑小道上，看着那基脚之处浓生的苔藓，一种历尽人世的沧桑感涌上心头。古来追逐功名的，有几个不会在心里生出隐隐的寂寞。不然还乡之际，何以修建如此豪门大宅，一掩风尘飘摇几十载的身躯，封闭所有的笙歌琴音。脱巾独步的少年逸士好当，沉剑埋名的退隐之臣却无法策马高游，少了那份敢把浮名换作浅吟低唱的洒脱与豪迈。抬头，蓝天仍是唐宋的蓝天。即使千年的风云际会也不曾改变天空什么，天空下的一切却在悄然变化着。一不小心，你生风的脚就踩出了依稀凹陷的字迹。那是前朝或更久远的墓碑，不知因了何故委身于此？上穷碧落下黄泉，一生的总结和句号还在近

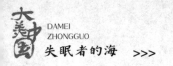

乎蛮横地对抗着所谓的时光和湮灭。斗转星移，沧海桑田，谁能说得准铁马金戈黄袍加身的英雄，身后记载丰功伟绩的碑石，不被过路的樵夫用来打磨刀锋，或者被顽皮的孩子撒上一泡童子尿也在所难免。我甚至在哪个地方看见这样的碑石，居然铺在农人的猪圈里，那是怎样的一种悲哀？许多人世的哲理和命运机缘混合在一起，真的是匪夷所思。

久久伫立在村口风雨亭，看着那些穿着节俭的村民，个个憨厚而纯朴，有时不经意露出的笑容里，盈满了理坑人特有的豁达和亲切，以及那些在亭内跳橡皮绳的小女孩，她们天真无邪，没有丁点忧虑，不禁让人意会到幸福其实就是对平凡生活的满足，简单而快乐。

其实，理坑也经历了太多的曲折和跌宕，太多的风雨和沧桑，太多的误解和沉默，还能保持如此的平和心态实属不易了。这是一种什么力量在悄然改变着呢？难道是宋代的朱熹，从婺源走出去时，已经把理学的种子埋进了这块土地，果真如此吗？

作别西天的彩云，回头望了望渐行渐远的理坑，我把一天所有的觉悟和丈量的脚印，交给了村庄，把看守村庄的重任还给了大山，而注定成为村庄的过客。一路上，我仍是芸芸众生中的凡俗之子，以鞋为船，划着桨，沿了溪水流向浪迹，也算是心灵对溪水的一种照应，抑或是一种共鸣，不枉我来过一趟理坑。

索溪，索溪

　　有一种美，典型的娇柔妩媚。她的妖艳能乱人心志，让人神魂颠倒。不是貂蝉，也不是赵飞燕。她随意弄弄发，挤挤眉，便是柔情万种。陷进去，出不来。即使出来，可能只是躯壳，魂魄却丢了。

　　那便是我走索溪的感受。

　　回家近月，神难定位。无数次产生用文字记录的欲望，以招回散失的魂魄。说来也怪，我努力寻找她的瑕疵，而她的美实在无可挑剔。便从美开始寻找突破口吧！更是犯难，生怕弄巧成拙。她简直完美得只剩下美的概念，浑然成一根九曲柔肠的绳索，缠挂在记忆里摸不到边际。因此，许多文人墨客便不敢轻易着笔。江苏女诗人苏叶索性"嫁"给索溪水。她说："相去千万里，心

随月色归。来生甘作石，嫁与索溪水。"

我为女诗人钟情索溪的勇气所感动。凭模糊印象，便大胆地写一回索溪，以示牵挂。

依稀记得她的娘家是澧水上游的慈利县。索溪出娘家时，已经出落得亭亭玉立，轻盈脱俗。她由西向东，穿行于石峰秀林之间，更是风姿绰约，索溪的两岸连绵不绝，峰林重叠，郁郁葱葱；千仞石壁，临溪卓立；百丈飞瀑，向谷空悬；溪流澄碧，水色如镜；风光绮丽，妖媚动人。

若说索溪富态吗？

溪床浅浅，行不得船，撑不了筏。两岸的峰林将她挤得一个瘦字了得，还要千万年向她索取葱郁、挺拔、俊秀的资本。自始以来，索溪从不间断地给峰林赐予最为鲜活、透明的天地精气。她是大方的。

若说她穷酸吗？

却魅力无穷。两岸的峰林被她征服并拥有，两侧的奇花异草、参天古木都是她忠实的卫士。无数精美的大小石头为她铺成溪床，尾尾鱼儿常年做伴，水草摇曳，浪花轻舞，好一座天然的宫殿。

凡夫俗子走近她，需一尘不染。

索溪讨厌庸脂俗粉，污浊之气。你最好脱了鞋，打个赤脚，在溪水里洗净浊物，抱着怜香惜玉的情怀，这样才能真正走近她，走近这世间绝美。融为一体，你也是美的。天人合一才能抵达最高境界。

你不急于放浪。捧一掬溪水，甘甜清冽，赏心悦目。照一照溪中的镜面，留下回味的影子。如果，此刻染上了七分柔情，却少了三分才气的话，我赋一首诗为你助兴："纹底玻璃还微动，

莹晶碧绿却消醒。溪穿峪谷无泥气，玉漱花汀作珮声。"

秀色可餐吗？那么，跟我走一程吧！沿溪逶迤而下——

仰山，山便有似水的动感，簌而翠滴。

戏水，水便有山睡的姿态，醒而不喧。

观花，岸芷汀兰，种难悉指。

赏木，睁眼为实，闭眼为虚，皆可成行。

如若来点放浪，大吼一声，吓着的是溪中漫游的鱼儿，它藏到你找不着的巢窝里了——一个精致的石头缝隙里。还有缩回脖子的小鸟，不再给你唱清脆、好听的山歌了。山谷是吓不着的，它会跟着你吼，回应声远比你的浑厚、悠长，以至隔山都有余音荡漾……

索溪喜欢你来那么点孟浪。

在柔情逗过、迷过、缠过、拥过之后，有时还会呼来束束阳光捆你，招来长长雨鞭抽你，引来阵阵凉风捕你——什么手段的恶作剧都可能用上。这是她与生俱来的个性，其待客之道有时不

无野性。

　　这些乐趣还嫌不够浪的话，那就下潭吧！反正潭多，大的、小的、深的、浅的都有，由着你的性子去挑选。所有的潭都从溪道上曲曲弯弯浪过来的，开出的白色花朵有时溅起老高，又悄然没入溪水中重做飞翔的准备。只有泻入潭中，似乎才变得安分守己。这是她的梦乡，姿态平和，色彩幽蓝、深绿。在她最隐秘的床底，水草、游鱼、苔青绒、大小卵石都清晰可辨。只要你交出自己的身体，她会将你沐浴得筋骨舒展。时间渐久，你会觉得没

有骨头了，全身软绵绵的。

有月光的晚上，山睡了，世界泊在宁静之中，你可以借着月光的指引，前来与索溪彻夜长谈。看不见她的楚楚容貌，却更能感受她的天生丽质。夜的纱巾，披挂起她的含蓄，如待嫁的闺阁女子。

没有人能娶走索溪，云可出岫，索溪却永远钟情峡谷。夜里的山谷发出一些奇怪的声音，峰林便扮了怪兽模样。它们都是来护卫索溪的。

索溪的夜，只属于胆大的人；真正能探到夜里索溪之美的，没几人。但只要被她的香梦所系，你就能温馨一生。

忧郁秦淮河

　　一条河流的歌，一般是指河水在岸两边的树根、草蔓，或河床上的石头，或河之拐弯处所弹奏出来的旋律。河流弹奏的音乐令人愉悦，说明人类与自然达成了一种和谐的共识。

　　秦淮河，也有一首歌唱了两千年。其忧郁的音符里，还夹带着两岸的各种噪声，又岂能令人赏心悦目？一条河流，不会像人类一样，还能暴跳如雷地站起来吵架，或通过其他途径出面解决生存问题。最多来几声叹息，不管人类愿不愿听这首哀怨的曲子。

　　作为旅人，我没有理由横加指责一条河流。作为河流，秦淮本身就没有过错。水与水天生由同样的分子组成，如果说秦淮的河水有了其他的元素，那毫无疑问是人类造成的，怨不得秦淮。据说，当年秦始皇开凿秦淮、沟渎水流的本意是泄王气、兴航运。还能据以自守，拒敌于外。至于秦淮河固有的这些功能在退化、衰竭，逐渐演变成为古都南京的一处风华烟月、金粉荟萃之地，于秦淮来说，真是"逼良为娼"。六朝时期，淮清桥至镇淮桥一带的秦淮两岸，便是封建统治者们居住比较集中的地方。从此，十里秦淮走向糜烂的繁华。纸醉金迷、穷奢极欲之徒，便把这里搞得乌烟瘴气。于是，唐人杜牧写下"烟笼寒水月笼沙，夜泊秦淮近酒家。商女不知亡国恨，隔江犹唱后庭花"的诗句，借

商女弹曲吟歌，谴责陈后主淫乐荒政而亡国的历史悲剧。

秦淮河，是一面镜子，照古鉴今。

因此，从历史的角度来看秦淮河，嗅一嗅它流过的痕迹，使我相信了宿命说。一切生命的荣枯如草芥，再自然不过了。这就不难理解唐朝诗人刘禹锡的《乌衣巷》：

朱雀桥边野草花，
乌衣巷口夕阳斜。
旧时王谢堂前燕，
飞入寻常百姓家。

　　我没有进入乌衣巷寻找残砖碎瓦，而是从夫子庙出来，也不打算去探讨旧时夫子庙与隔河对岸青楼妓院相望相生的因果关系。只觉得孔老夫子不可爱之处莫过如此。居庙堂之高，览尽秦淮风月，还吐出之乎者也的道德经来。其实，连秦淮河也懒得控诉，或者说是无力陈述那一段悲伤的往事。况且，一些故事没长瓢把，早已流入民间了，成为香艳故事的代名词。诸如董小宛、李香君等秦淮八大名妓，哪一个又没有一串长长的血泪史。

　　秦淮河，看来洗不净身子。

　　踱上文德桥，只见秦淮河被两岸密密匝匝的楼阁逼得窄窄的，连夕阳也透不进来，显得愈加柔弱且幽暗，又怎么载得动前朝的烟云往事。虽有几条仿古画舫从灯影里荡出来，那又能有什么意味。

在秦淮河，桨声是六朝的一种意象。尽管那轮明月依旧，然物是人非，又岂能在一条忧郁的河流里，强行去捞起一册湿漉漉的《桃花扇》。

一个盛世并不代表灯红酒绿。秦淮河，只不过是历史留下来的一处人文景观，让后人思古怀幽罢了，与这个时代多少要产生隔膜的。听说一对新婚青年，来到秦淮度蜜月。不久，新娘便厌倦了周围这些仿古建筑，以及秦淮河里的人造风景和克隆的古乐器，很想现代一番。于是，她搬来一架钢琴，在秦淮河上弹奏起来。她原以为美妙，谁知，不是个中滋味，全然没有畅快的感觉，她的内心忽然变得郁闷而空荡。新娘愤怒了，便很快失踪了。当新郎费尽九牛二虎之力找到新娘时，新娘正在一处人迹稀少的荒郊野地，对着一条无名的河流，快乐地歌唱。

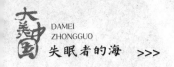

新郎读不懂新娘的心事。

从这个现代插曲里，我恍然大悟，便读懂了秦淮河的全部忧郁。

秦淮河流经这座城市，就注定了它的悲哀。红尘俗世对它的侵蚀从来就没有间断过，它早就不堪重负。走出这座城市，这是秦淮的梦想。像野地无名河一样，干干净净地生存在蓝天白云下，自由自在地呼吸新鲜空气，快快乐乐地享受阳光雨露的恩惠。与虫鸣鸟啼相依，与野花野草为伴，甚至与飞禽怪兽恩爱，是何等的惬意。

秦淮河，走不出这座城市，便弹不出欢快的乐章。

最江南

江南好，风景旧曾谙。日出江花红胜火，春来江水绿如蓝。能不忆江南？

——白居易《忆江南》

1. 抓阄

去江南之前，我做了两个纸阄子，一个写的昆山周庄，另一个写的吴江同里。忙里偷闲去旅游，完全不同于年轻时候的相亲，看了这个美人，还可以看那个美人，一番比较之后，再来拿主意。是娶，还是不娶，娶谁？

而这短时间的旅行，两者只能择其一。人到中年，自认为是有主见的人了，遇到这件事，我却一时还拿不定主意。

江南环绕太湖流域有千百年的古镇不少，周庄、同里像这根藤上结的两个最有代表性的果子，而这两个果子结在同一根藤上，本质上没有太大的不同，就更不好选择了。此行我不可鱼与熊掌兼得，抓阄就是我最好的解决办法。

结果我抓到了同里。

我和同里的缘分，带有宿命式的，有了开始。

一个人的同里。

我，就这样进入了同里，成了江南同里的霞客。

2.同里黄昏，景致最江南

没有太多的惊喜，和我梦中的江南几乎一模一样。

春天的同里浮在水面上，温润而细腻。阳光在柔软的绿波里荡漾，水面平缓，似在缓慢地流动，明亮的春水，带着春天的气息滑行，光波一闪一闪的，波纹交映在临水的石岸上，像阳光在嬉戏追逐。不知是该叫湖还是叫河，这里的水像湖又像河，亦河亦湖的，时宽时窄，呈多边形。每个方向的水边都有人家，每家的后门都枕着水，水边依旧有半斜着伸入水中的石台阶。这里一般是浣洗的地方，千百年来，似乎一成不变。

或许，有的东西随着文明的进程，一些古老的习俗也在悄然改变，只是我一个匆匆过客不曾一一看破而已。

至少我没有看见断续寒砧的棒槌，把那衣衫捶打得一声高一声低的，声音远近和鸣，有一种说不出的乡情味。也没有看见一个女子，端着竹编的勺子来水边淘米，惹得小鱼儿前来觅食。

现在的同里人，除了家家户户有一口井，大多还装上了自来水，现代家电家具一应俱全，那种旧江南的气象，理所当然地少了许多，我心不免有几分惆怅。

一个人要了条船，少许的孤独中，多了几分安定。

我喜欢一个人听橹击水的声音。

穿蓝印棉布束腰的船娘，一边摇着橹，一边找话题与我说话，猜测我是哪里人，是不是有什么心事，怎么会一个人跑出来玩耍，问得我说也不好，不说又不好。我几乎不与船娘说话，也懒得调侃她。尽管我爱听软软的吴语，也爱看船娘略带羞涩的笑容。我是个感情丰富且脆弱的人，我害怕自己迷上了同里回不去了。我家的"三娘"（老娘、婆娘、姑娘）都离不开我。多少明清小说里演绎的爱情故事，蒙太奇式地在我的脑海里重现。爱一个人，就是爱一个地方。可我不能就这么陷进去不能自拔。我要对我家的"三娘"负全责。所以，让船娘误解我有什么心结。

不解风情的我，通常是把目光抛远，去钓天上的白云，钓那飘逸着的悠然自得，不紧不慢，不慌张。

视野还可以落在小岛的民宅上，去看阳光照在这些宅院的青瓦上、后墙上、窗户上，河岸的石墙上、台阶上，一片淡淡的光辉笼罩着，显得那么明净，像一幅水粉画。要么，我就低下头看流水，听橹击水的韵律，看橹叶卷起一张张、一片片的波浪，几滴沾在橹叶上的水珠，在太阳光的折射下，通体圆润，晶莹剔透，跌落下来，发出清脆的响声，有如雨韵。

我以晴朗的心情，看到了晴朗的同里，可我还是感到些许遗憾。要是遇上麻风细雨天，肯定别有风味，那雨中同里该是何等的温润而多情。那柳浪，那烟渚，那飘摇的浩渺，又将生出多少

迷离的意境?

　　船娘催促该上岸了,我才从漫游的思绪中回过神来,黄昏已迫近。

　　同里黄昏,景致最江南。那夕阳无限奢侈地,像铺江南绸缎一样,把质地上好的黄丝缎平铺水面,让我的船不忍去剪裁。这个时候,我最希望的是看见一个捕鱼的舟子,像剪影一样驶过来,渔人撑起一张网,理顺之后,优雅地在半空中画一道圆形撒向天边,我逆光而向,看着他弯腰蹲在船头,静穆而不动声色地守候着这一网的收获。其实收获多少无关紧要,这份闲适的心情才是最重要的,谁说这不是最大的收获呢?

　　上岸之前,那岛上挂的红灯笼渐次而亮,给这古朴的水上人家增添了几分喜庆的亮色。灯光映入水中,随波纹摇曳不止,远远看上去是怎样的一番景象?有时真能让人产生错觉,这一个个岛屿就是漂浮在这水面上的画舫,在水波里荡漾。

　　这时候,还真不知道,是水在动,舫在动,还是心在动?

3. 蹓桥

一觉睡到自然醒，醒得很早，只见小镇被一层薄薄的雾霭笼罩。

几只鸟在吊嗓子，清澈、婉转，把我的闲情逸致调个老高。潦草地洗漱一下，我就出来蹓桥。桥是同里的路，到处都是桥，到处都是路。同里的河道分割成十多个小岛若隐若现，那桥便是连接这些岛屿的津梁。真正有名的是三桥，在镇子的中心地带，呈三足鼎立的姿态矗立在三条小河的交汇处，碧水映古桥，绿树藏娇影，一片迷人的景色。同里水多，桥也就多。桥多景就多，几步就有景，移动几步，景致又变换着。而路大多是桥，桥有几多，我没有数得过来。起先我是无心去数桥的，不知怎么数着数着变得有心了。只是这样边游边数，数着数着就乱套了，似乎又

回到了原来的地方。不知哪数了，哪还没数。桥竟然把我弄糊涂了。

这个时候，刚好水面游来一群鸭子，这让我想起毕飞宇的短篇小说《地球上的王家庄》里的那个孩子数鸭子，怎么也数不清他放牧的鸭子，最后数没了，掉下去了。小孩的父亲和村主任都说他是神经病，他竟然笑了。这个故事，扎在脑海里，在这个特定环境里，就突然冒了出来，让我忍俊不禁。就是今天，我也说不出一个准确数字，谁问我也只能说40多座吧。

要是换那个"神经病"小孩，这40多座桥也数得八九不离十，而我就真的蛮神经，每过一座桥，还得团团转，装出叶公好龙的样子，要猜一猜桥的年代，所用材料，比较一下风格有什么不同。尤其是那些简陋的石板搭起来的梁式桥，还有那些像眉毛的弯月桥，竹笛式的孔形桥，以及桥下水面的倒影，波光、细纹，偶尔的鱼跃，都很容易勾起我的童年记忆。

我生长在洞庭水乡，从小就在沟渠河汊玩水、捉鱼捞虾。还常常喜欢和伙伴们从桥上往下跳，皮肤晒得像刷过桐油似的黝黑光亮。而今的洞庭湖已经很少还能有供孩子们游泳、嬉戏的地方。随着洞庭湖流域水位整体下降，那些阡陌间的河流大多干枯了，年久一点的石桥也好，木桥也好，几乎是看不到了。保存完好一点的古村落，在平原地带是完全消失了，仅存的为数不多的，散落在大山旮旯里，喘着粗气。

一个地方待久了，总会有一种厌倦的感觉。何况熟悉的地方，没有风景。这才让我有了最初的出逃念头。

在桥上走走停停，看见有人倚栏捧读，心生暖意。

也许，闹中取静，这种读书方式，不同寻常。

同里历史上出过不少进士举人，最能反映当时好学之风的桥莫过于普安桥（又称小东溪桥），重建于明正德元年（1506年），桥西侧石壁上刻着一副对联："一泓月色含规影，两岸书声接榜歌。"可以想象古时两岸传来琅琅书声和令人向往的画面。

也有一首熟悉的曲子传来，那是无锡阿炳的二胡拉出来的，曲名《二泉映月》，凄婉而怆然。这曲子在白天，被嘈杂的市声冲淡了许多，要是在月夜就更不忍倾听了。

4. 财富的纪念碑

在同里，退思园是必看的。

听说2000年就被列为了世界文化遗产，其文化价值不言而喻。

退思园始建于清光绪年间，一个叫任兰生的兵备道遭弹劾解职归隐而建的私家花园，其奢侈程度让人叹为观止。

所谓退思园，顾名思义是退而思过。

我不知道象征财富的退思园，主人归隐后到底思过了什么？

当我进入这个纵向的园子时，大大地吃惊了一回，里面的确别有洞天。园内西为宅、中为庭、东为园。院分内外，外宅由门厅、茶厅及正厅组成。内宅东侧有畹芗楼，是主人与家眷的起居室。楼与楼之间由双重走廊贯通，东西各设楼梯，可免日晒雨淋，民间称走马楼。中庭有旱船建筑，船头采用悬山形式，屋顶檐口稍低；船身由湖石托起，外舱地坪紧贴水面。水穿石隙，潺流不绝，仿佛航行于江海之中；退思园有两处船舫建筑，一个在池中，另一个在中庭旱船。我国古代江南水乡，船是主要的交通工具，园林的石舫、旱船自然是寄情于水、寄情于船的象征，这是一种水乡文化的特征。

古木掩蔽下，常见飞鸟出没其中，别有生趣。

退思园园内亭台楼阁、廊舫桥榭、厅堂房轩，皆贴水池而建，又名贴水园。

退思园水面处理独到之处就是水与建筑的紧密、贴近，整个园子像浮在水上，与其他园林相比，平添了三分动感。

退思草堂是花园的主景建筑，坐北朝南，隔池与苑雨生凉、天桥、辛台和闹红一舸相对。与草堂相连的是环水池而筑的九曲回廊。此廊蜿蜒曲折，高低起伏，而墙上的漏花窗刻"清风明月

不须一钱买"诗句，借以寄托对大自然的感激之情，便觉得这个主人值得玩味。

退思园全园布局紧凑，一气呵成，有序幕，有高潮。跌宕起伏，像一曲人与自然完美结合的乐章。我赞叹园子的建筑巧妙，同时，主人口口声声喊思过，却独具匠心地打造出这么一座有高超建筑艺术的园林，却足足反映出，退思园其实就是财富的纪念碑。

怪不得同里旧时称"富土"，与其名过于奢侈不无关系。后两字相叠，上去点，中横断，拆字为同里，即可从中窥见一斑。

5. 放水灯

要离开同里了，那天晚上，竟然有几分不舍。

于是就找了一处开阔地带，喝茶。

喝茶的地方，临水，灯光有些暧昧，很适宜温习记忆。当然也很容易让人沉迷。

这里只摆了几张小桌子，三三两两的人围过来，并不显单调。我一个人坐一张桌子，自然惹得一些注目的眼光扫过来，像审视。我要了一杯茶，一包香烟，自得其乐。旁边一桌，是三个女生，其中一个总是回过头来张望，那神情有些怪异，也透着几分顽皮。另外两个，一会儿窃笑，转会儿就哄笑。

老哥哥我见过世面，对这种闷骚习以为常，全然不予理睬。

这时我抽烟、吐烟圈，让烟圈去套天上的星星。

忽然，大家都起身，奔向水边。

　　有人在售水灯，这让我也好奇起来。我前年春节在湘西凤凰放过河灯，是红纸剪裁的，中间是蜡烛，形状多样，只要点燃蜡烛，就放在沱江的流水里，听任漂流。而这里是油纸灯，是要点燃里面的灯草才能放的，是让小船划向水中央，这才放出水灯。一般来说，放水灯要到农历七月三十，那是地藏菩萨的生日，同里各家各户要在院内或大门口，秉烛烧香的仪式完毕后，才开始去放水灯。还要由佛门中人念佛唱经，肃穆而庄重。

　　当一种旧习俗演绎成了一种商业娱乐时，就没有那么多祈祀的礼节了，大家争吵着，讨价还价。我不记得要多少钱买一盏灯，因为我懒得与人家争，我对着老板喊："我包下来，三百元！"老板就不理这些人了，连忙说只做我的生意。

　　看着大家失望的样子，我忽然感觉自己有些过分。

　　喝茶时的那个搞笑的女孩忍不住地喊：我要去……

　　来吧！我手一扬，其他几个都纷纷爬上了船。

　　一会儿，其他地方也有水灯在放，远近的水灯交相辉映。

我们放了很多水灯。

整个水面，漂浮着无数的水灯，像天上的星星一样好看。

辞别同里，回头望一眼灯火辉煌的水乡，忍不住对着这方江南喊了一声：同里，同里！像一个空谷的气场，空气里飘荡着经久不灭的回应声：同——里——同——里——

夜周庄的镜像

一

那么远，我从湘北来，已近黄昏。

天地之间，暮色开始合围。

夜周庄在店家的打烊声中开始了。只见伙计抱出一摞摞陈旧的木板，依次放在门槛中的木槽里，用力推了一两下，发出"咚咚"的声响。一个拎着拖把的女人，来到河边洗涮，在逆光里像个剪影，如同我小时候看过的皮影戏，正丰富着我手中的镜头；那归家的乌篷船裁剪着水波驶过来，看不清船娘的模样，却听得见她摇橹的声音不紧不慢，由远而近，又由近而远——

河风吹过来，岸边草本植物的叶子，还在微微荡漾……

一个孩子赶着几只鸭子，鸭子"嘎嘎"地叫，似乎还在贪婪那方流水。

几声蝉鸣，把我的目光从东头这棵樟树，扔到西头那棵樟树上。走近，不见蝉，连蝉鸣声也听不见了。只有几只雀鸟，从这根枝头，跃到那根枝头，逗人。

这边的双桥，垂直吊下一盏盏红灯笼，似乎在招呼着夜行的

归人，到家了，到家了！那厢的檐下，也是一串红灯笼，随风晃动；河边临水的石阶上，散落着淡淡的灯光，柔和如月色，照着汲水人家拾级而上；酒肆茶楼，挑灯高悬，光线漫溢，泻过木窗格子，让粉墙黛瓦的玲珑曲线，美轮美奂地倒映在水里，成全了一个留美画家陈逸飞的声名。

是谁的吴侬软语哼出江南小调，从一扇光亮的窗口飘出来，悠扬婉转……

那么远，又那么近。

二

一个人要了一条乌篷船。

乌篷船疑似一座行走的岛屿，也像安装了轨道的游机，船头是我的机位，我把两岸窗口显影出来的各式人物，连同建筑景物一并收进了我的镜头。其实，我刚才也坐在某一个光亮的窗口，看水面过往的船只。而此刻，只不过是交换了场景而已。

仁立船头，来不及跟迎面擦过的船上游客打招呼，我的目光无意瞥见一架飞机，从我头顶的夜空掠过。我猜：飞机上的乘客一定投下惊讶、好奇的目光。或许，在刹那间，他们完全颠覆了自己的意识，已经分不清哪是天庭，哪是人间。从空中看下来，那些水面闪烁的灯笼，像金属拉链的齿，抑或纽扣，沿河两岸有序排列着，敞开了河流的风衣，让周庄的夜色衣袂翩翩。

那折射的灯光以及波光，星星一样闪烁……

飞机上看夜周庄成了银河系，让人多了几分神秘。

其实，在这种空间距离中，天上的飞机也不过眼中划过的流星，擦了我匆匆一瞥的目光，就稍纵即逝了。

夜渐深，枕河人家室内的灯渐次熄灭，只有挑起的红灯笼一直不眠，像天上的星星，灿烂在银河系里。

这让我想起法国塞纳河的波光，可以使巴黎折射成为一个梦。而巴黎反过来又把塞纳河打扮得如此华贵富丽，如此精致妖娆、名声显赫。这是不可思议的一种互相创造的关系，因为这样的创造和激发，使她们彼此拥有了如此充沛的激情和不衰的活力。

从这个意义上说，太湖的水与周庄相互遇见，又是多么神似。水孕育了周庄，创造了周庄，还使她具有了灵魂及灵性。而周庄的繁荣让湖水也好，河水也好，四季循环，或急湍，或舒缓，淌着，流着，即使流水拐弯抹角，也会在某一处交融相会，你中有我，我中有你。

如果说，巴黎塞纳河是西方的大家闺秀。

那么，姑苏周庄便是东方的小家碧玉。

走下乌篷船，我似乎意犹未尽。

三

我是前一夜，才决定来的。因为，我又梦见了你。

曾无数次梦见周庄打湿了我的衣襟。

周庄浮在昆山西南的众水之上，似乎还在梦里轻轻摇晃，像泊在水面的乌篷船，难免有海市蜃楼的幻觉滋生。不知是梦太沉，压得船身吃水很紧，还是江南一律向周庄倾斜，全世界崇尚闲适文化的人投来了目光。那接踵而至的步履，让周庄日常生活

的天秤还在翘尾。人气攀升的周庄，显露出现代都市人的价值取向，从而也奠定了周庄在整个江南的分量。

梦见你，是我的牵挂，如同睡梦里垂钓。

双耳的铃铛，在枕边战栗着，一直响个不停……

我家住在浩瀚的洞庭湖畔，见过太多太多的大水，并没能如梦把太湖流域的水乡周庄轻松地钓起来，却被鬼魅的周庄丝线般拽得心急火燎，像打了千千结。

第二天，只身前往。是去圆梦，还是拆结？

我不过是洞庭岸边的一个凡夫俗子，不是神话传说中的柳毅，可以沿着君山岛上的一口水井，直接走下去，一直可以通到太湖，为小龙女传递情书。我曾在古典戏文里见过龙王的三公主，也曾想象过她的美丽、善良、聪颖，还一度在现实生活中寻找我心目中的小龙女，却始终没有找到。便在梦境中猜想：水乡周庄莫非是小龙女前世的化身，撩拨现代都市人身心渐渐枯竭的相思之情。

这个柔软的姑苏水乡，就这样成了江南的代名词，立在都市的另一端，立在梦的深渊，模糊又清晰。让人心智进入一种莫名的、不知所措的情感复苏状态，而成为无法抗拒的精神领地；像一只长途跋涉之后的倦鸟，找到了它的栖身之所，能安然地梳理羽翼；像在繁华的尽处，在思念与泪水交织之处，在疲惫与困顿挣扎之处，看到的一盏黑暗深处的暖光；这无疑是梦的憩园，让枯藤长出青枝绿叶的植物。仿佛，是谁伸出了千佛手，给人的灵魂以最充盈的慰藉。

或许，这就是现代人迷恋周庄的理由。

梦见你，是我的创口贴。

四

今夜，我是一个虔诚的霞客。如同寺庙里的香客，是还愿，也是修行。

走在夜晚的周庄，只见横跨南北市河的富安桥与楼"联袂"，双桥则由世德桥和永安桥纵横相接、石阶相连而成，桥面一横一竖，桥洞一方一圆，被人叫作钥匙桥。尽管石桥小巧，伫立桥头，伸开双臂，依然可以兜入满怀的凉风，被梳理过的桥面凸显早已被人摸得光滑的石刻。

桥下半百的婆婆，正忙着水边清洗物件，上下抖动。

其实，她年轻的时候，也许常常挎着满篮的衣服，带着棒槌，绾起了发髻，在水边的石阶上敲打。然物是人非，这种场景

已经成了绝唱。

这些个石头，其实再普通不过了。但砌成石桥之后，被人反复地抚摸，有了灵气，加上水泽的温润，便有了精灵般的气息。明知道上面那怪兽和石狮都是些钝物，可是那流转的眼珠还是泄露了它们近千年的修行。

站在桥的顶端，得到的感受不是指挥千军万马的豪气，而是一览水乡的便利。人行到这里，什么功名利禄全部远逝。几百年历史风云，也就这样跌跌撞撞过来了。而人生的几十年，不过是眨眼间的事情了。

富有历史感的神秘性，正是留给我们想象历史的巨大空间。

到了"贞丰泽国"的牌坊前，我不忍再往前走，生怕跨出牌坊，就回到了现实中。仿佛牌坊就是900年历史与现实的分界线。

我以诗人的目光打量这牌坊，一时半刻也无法洞穿她背后的时间意义。

在江南，我见过不少的牌坊，并以彰表烈女节妇居多。它们纵情恣肆，张扬于镇口或村头，仿佛要天长地久，与山石同寿。而眼前这个"贞丰泽国"却不尽相同，它明确告诉游人，在贞丰年就已经是水乡泽国了。古籍载：周庄曾称贞丰里，北宋开始叫周庄。而真正声名显赫是在明代，因巨富沈万三利用镇北蚬江水运之便通番贸易，才使得周庄成为粮食、丝绸、陶瓷、手工艺品的集散地，遂为江南巨镇。到了清康熙年间，这里已经是富庶水乡，才正式定名为周庄的。

我以步履计算，又梳理一遍周庄，以此弥补白天的喧嚷带来的不足。也可以说是穿针引线，向每一个活灵活现的景物道别，用这一天来的熟稔与陌生，抚摸我心中最柔软的江南。为先前的一个梦，兑现自己的诺言。

我以傻瓜镜头，记录我打量周庄的足迹。

今夜，每一个人都可以是真实的镜头人物，也可以是人家的热心观众。

五

今夜，我还想见识周庄的儒雅，不是沈万三，不是柳亚子，也不是叶楚伧，尽管这些人物也儒雅过。也不是他们生前留下了富丽堂皇的建筑，那不过是财富的纪念碑。恰恰是民间那些还活着的匾额、雕刻、门联等，才是我欣赏的大众儒雅。或许，因为诗书传家、攻读入仕的理想永远占据了周庄人心灵的一隅，成为心灵中最敏感、最多情的一部分，是他们对宗族历史的深情回眸，以及自我的温情抚慰，才把儒雅镌刻在匾额上、雕琢在额枋上，呼应来自并不遥远的祖居地的期冀，呼应内心不曾被财富湮没的对诗书功名的向往。

也许，建筑装饰的炫耀意识在屋主心目中，与文化纪念无涉，而是非常现实功利的。也许，这一功利的企图关乎人们在宗族中的地位、名誉以及各种利益关系。标榜的文字只是其表，而儒雅的影响还是深入建筑的内心了，成为它的骨髓和精血，成为它灵魂的一部分。那弥漫在建筑上的教化意味，与热衷于教化大众的社会氛围，是息息相通的，也是复活的儒家教化精神之滥觞。它与民俗信仰水乳交融地结合在一起，获得了线条、笔画和颜色，以雕刻、书法、绘画等艺术形式呈现在乡村日常生活环境

中，润物无声地滋养着人们的心灵，从而唤醒人们协调、修养内在心性的自觉。

是的，世事无常，人心不古。

在今天，那些充斥于祠堂、戏台、书院、牌楼乃至民居内外的教训和推崇，还能怎样约束人心、清洁民风，那是颇可质疑的。甚至，在那摩托骑进古巷、门楣抹着口红的现实环境里，我怀疑所谓耳濡目染、潜移默化的作用。但是，不管今人是否普遍接受，它们的确以其鲜活的思想和感情存在着，顽强地传授着历史的精神和经验，以其镜像映出血脉里的那份儒雅，是它们保全了人们对宗族历史的文化记忆，并为我们描绘出历史生活的精神气韵。

六

今夜，哪怕我走累了，随便在桥头靠一靠，歇息一下，就已经成了别人的风景。也许，我只是人家镜头里一个不起眼甚至模糊的剪影，却因得了周庄的福泽，才有幸收进了陌生人的影集里而全然不知。若是在这样的情境中，在那么多擦肩而过的陌生面孔中，遇上现代版的小龙女，或者说人家只是对我微笑一下，就过去了，那也是美好的。

请不要怀疑我此刻意念的纯度。

歌德说过：唯有太阳有权利身上带着斑点。

我说：今夜，一切美好的细节都是月亮的种子，发着相思的嫩芽。

请允许我，再回头看一眼渐行渐远的背影，让那一瞬的美丽定格在记忆里，温馨而持久。回到客栈，喧嚣落定，周庄安静了。不远处的河水里，几只蛙衔着缕缕月光送过来，如水、如梦、如幻，把伫立窗前瞭望的我，一遍遍覆盖。明天上午，我就要离开周庄了。

今夜，竟生出几分不舍。

扬州梦

一

这天的雨，不紧不慢，且无声无息。

如果不是看见湖面那么多蘑菇似的水泡泡，那雨丝还疑是清风摇曳中的隋唐杨柳，纤细而娇柔，把我褶皱了的心头熨烫得舒舒展展、服服帖帖。人就是那么一个怪物，只要心体贴了，听觉就好了。先前还是懵懵懂懂的，什么声音也听不真切，心头浮躁得老跟自己纠结。一下子，人居然就灵异了，能分辨出各种物质摩擦之间发出细微声响的差异，甚至连眼睛也明亮起来。仿佛那弥漫开来的雨丝营造出来的不只是江南水墨的意境。身居其中，不知不觉就触到了一种气场，就像一块生铁，自然会被这种磁场深深吸引。何况这场雨水已经饱含了烟雾，早已经打湿了我的睫毛，凝成眼前空蒙之色，泛出丝丝入扣的光亮。

这时候，我变得多情起来。仿佛那雨水洗涤的瘦西湖衣袂翩翩，显影出乾隆朝古典的模样，那飘逸的音符还在弥漫，我似乎看清了一位明朝歌女，怀抱着琵琶，素手轻弹，奏出了行云流水且婉转缠绵的乐章，分明给人一种梦幻滋生的感觉。

一般来说，初秋从夏暑中走过来，人体中的毒素还没来得及有效地排泄，不免对自身生理和心理持怀疑态度。物理疗法虽说是中医所推崇的，而我历来崇尚回归自然，获取从生理到心理的养分。人一旦从自然中吸收了人体需要的物质，五经六脉就活络了，精神便获得了愉悦。即使是一个人独行，也不会感到孤独。相反，我还能调动身体上的各种感观，体悟大自然的玄妙与精髓。

让时光慢下来，我得到还原和救赎。

这浮动的暗香，迷蒙的烟雨，不知不觉中，拽着我入了古典的意韵中。

鲜活的不只是我人的本身，与之而来的还有我慢慢复活的诗人情结，像一片叶子的嘴唇接住了露水，我为瘦西湖风姿绰约而动情。

一个瘦字，成了语言形象上区别杭州西湖的标签。

就像一个地方，有一个地方的方言。听起来是独有的，是经

过世代人传承而来，成了血脉里的基因，有明显的文化烙印。就像环肥燕瘦是古代两位美女的特征，你能轻易地浮现两种不同的人物性格，以及形体。

一个瘦字，更能让人怜惜她摇曳轻盈的风骨。

我似乎快被这种柔情泡软，难以自拔。

那岸柳的色彩，是空蒙的绿，浸入我的意念中去了；

那雨水的晶莹，剔透了我短浅的目光。

我试图伸出手掌去接，不是去接住一滴雨点，而是去握住扬州的灵魂。

雨中的瘦西湖，你把江南许多淋湿的故事推至我的眼前，我还真不知从哪一个章节读起。

二

先天傍晚抵达扬州时，我还一个劲地埋怨天公不作美。

我从湘北来扬州的前一晚，曾与几个文友乘着一艘快艇，漂在浩瀚的洞庭湖上。那轮已经照了几千年的圆月还朗朗地挂在中天，把李白、杜甫、范仲淹等人咏叹过的洞庭湖映得无限高古、清寥、深邃，且又意境无边。可那个唐朝诗人徐凝却道"天下三分明月夜，二分无赖是扬州"，让我心中难以顺气。于是，发烧似的赶来扬州逮明月一比，却偏偏又遭到下雨，那心中的怨气又岂能轻易消除。何况就这么回去，岂不是太冤枉，因此才有了雨中瘦西湖一游的想法。

晚上，我选择了在西园宾馆下榻，这完全是出于第二天游湖方便些。谁知，此处竟是乾隆行宫的遗址，让我着实吃惊不小，居然与这位游神以巧合形式结了缘。怪不得宾馆前面还有尚存的御码头。据说这些是扬州有钱的盐商们的杰作。在乾隆十八年（1753年），扬州盐商们得知乾隆要来游瘦西湖，讨好巴结的好时机到了，就在此大兴土木，修建了这个行宫。而这御码头正是乾隆游湖上船的地方，也是瘦西湖的起点。时间的流水，带走了许许多多风花雪月的往事。然而，几经沧桑，这里的繁华依旧，只不过这一带至虹桥都成了瘦西湖的外景。

我能在这里住下来，不失为一件怡人有趣的美事。

走完扬州花花绿绿、明明暗暗的夜市，似乎还没有睡意。折回来，好茶的我，便走进了一家名"水绘阁"的茶社。只因它依水而筑，半架坡面，其茅盖飞檐和翘角突入湖心，是怡人的茗茶之处。进来本不打紧，依此刻浮躁的心绪，更是需要一杯茶来平和、冲淡。可此阁因了清初文人苏北如皋的冒辟疆曾在此构筑"水绘阁"而得名，与西边的香影廊茶社在扬州都是大有来头的。我这才渐渐意识到扬州是一个了不得的地方，随便一处，似乎都有历史渊源。一不小心，便

会与史书上或明清小说里的人物，以另一种形式打了照面，还浑然不觉。

当然，积淀深厚的扬州决非几个历史或文化名人能撑起的，也不是"绿油春水木兰舟，步步亭台邀逗留。十里画图新阆苑，二分明月旧扬州"的诗句能载得动的新扬州。它独具的魅力，又岂是我这个初来过客短时间内能把握的。

还记得年少时，我跟娘提过一些她难以兑现的要求，娘总是这样回答我："做你的扬州梦去吧！"以至于后来好些年都没悟出扬州梦是什么样的梦。

走在幽径上，见过雨打芭蕉的风姿，杨柳弄水的清韵，想起"十年一觉扬州梦"的诗句，似乎方才明白了许多。

三

北眺湖面，往事如烟。

眼前那一尘不染的杨柳随风轻拂，像一道泛着绿色的意韵的屏风；

那湖面微起的粼波层层叠叠，像出嫁新娘的床上行头，显得富丽堂皇；

那湖心的汀屿，若隐若现。其紫与绿相融，深浅各异，层次分明，加上天光与湖光的反射互映，人便有了一种飘然之感。

一些画舫泊在岸边，成为盈盈曲水间另一种意象。

自古以来，过扬州者无不到虹桥。

"扬州好，第一是虹桥。杨柳绿齐三尺雨，樱桃红破一声箫。处处住兰桡。""扬州好，画舫是飞仙。十扇纱窗和月淡，一枝柔橹拨波圆。人在水云天。"（费轩《梦香词》句）此等情景能不吸引人吗？而眼前的几个村姑有点像船娘，那装束打扮好像时光倒流似的。坐上船，我逗她们是不是小苎萝村的？惹得她们笑得花枝乱颤。相传，乾隆年间，依城郭而居的村落里，出了一个姿容绝世的美女，有人将她比作西施，故以西施家乡"苎萝"村为名，称其小苎萝村。还传说村中每二十年出一个绝色美女。村中少女，世代相袭，多以操舟为业，船娘的名称应运而生。

虽说眼前的船娘不似传说中的神乎，却也个个俊俏。

扬州出美女是早有耳闻的。

沿着隋堤，不觉入了徐园。扬州园林以立意奇巧而著称，从徐园即可窥视一二。东侧屋楹门外与青石水码头相接，缘曲径而南，有小石桥随势高出，桥下沟渠引湖水注入园的中部荷池，四周叠以黄石，环植桃柳。过小桥经碑亭，河曲处南面有正厅三楹，池北一片开阔地。这里诸如吟榭、祠馆、叠石等，无不体现出独具艺术匠心的造诣来。此处何以称"徐园"，据说是沿用军阀徐某祠园的旧名，而今为纪念古代扬州造园名人徐湛之而著称。史载：一千多年前南朝刘宋元嘉二十四年（447年），南兖州刺史徐湛之于蜀岗上建有"风亭、月观、吹台、琴室，果竹繁盛，花药成行，招集天下文士，尽游玩之造"。这是扬州历史上构造官园的开始，今人以徐湛之的姓氏称园，确有寓名怀古之趣。过小金山，经曲桥抵南岸高阜，一座孤塔，似白鹤飞来，那是秦少游做举子时题过诗的塔。从这里下来，便上了五亭桥。这桥五方相属，中亭高出，为重檐四角攒尖式，翼角四亭，为单檐四角攒尖式，亭与亭短廊相接，形成五亭虽各抱地势，钩心斗

角，又能整体覆盖。方圆之间搭配得和谐得体，力学与美感在这里如此合拍，实在让人叹为观止。

这瘦西湖上让我最想看的还是二十四桥。

早年读过唐人杜牧《寄扬州韩绰判官》的七绝诗：

青山隐隐水迢迢，秋尽江南草未凋。
二十四桥明月夜，玉人何处教吹箫。

这首诗美得让人有一种心痛的感觉，一种让无数诗人竞折腰的感觉，不知曾迷倒了多少人。一代伟人毛泽东，不失为一个气势宏贯的大诗人，对杜牧的这首柔美、凄婉、清丽的绝妙诗歌十分钟爱，以他龙蛇飞动的毛体狂草书法，录下了杜牧这首诗，镌刻在熙春台旁的一座石碑之上，成为泉下老杜的欣慰。

关于二十四桥的名称由来，历来众说纷纭，使二十四桥更显扑朔迷离。

清人《扬州鼓吹词》云："桥因古之二十四美人吹箫于此，故名。"

还有说法：二十四桥吴家砖桥，又名红药桥，现称"念泗桥"，就在今天扬州西郊念泗桥处。北宋沈括著《梦溪笔谈·补笔谈》中，把唐代扬州二十四桥名的绝大多数一一进行翔实的考证，言之凿凿，这些烦琐的东西我没有兴趣，宁愿相信二十四美人吹箫的浪漫情景故事，那是多么的美好，它能引发游人无限的遐思。而眼前的二十四桥，汉白玉砌成，单孔拱形，呈东西向飞跨于湖面之上。桥身长二十四米，宽二点四米，两端各二十四层台阶，上围二十四根栏柱，栏板皆雕月镂云，在此未见任何题二十四桥之名，又处处暗合二十四之意。可惜吹箫的美人远去，要是能在此听一曲《春江花月夜》的箫音，岂不酣畅淋漓？

　　望着湖面画舫轻舟，如织往来，不禁想起了另一首咏叹二十四桥的诗："二分烟水一分人，廿四桥头四季春。蒲苇有声疑雨至，谁知湖雾是游尘？"可二十四桥与扬州城一道，曾是几经沧桑，又几度兴衰。杜牧来扬州时的繁华富盛，使他吟出了"春风十里扬州路，卷上珠帘总不如"的千古绝唱，待南宋淳熙年间，词人姜夔来扬州已是"清角吹寒，都在空城"了。他在《扬州慢》词

中写道："二十四桥仍在，波心荡、冷月无声。念桥边红药，年年知为谁生。"其萧条冷落之状，令人怆然。

到了乾隆年间，瘦西湖却又曾一度极盛。

要知道，乾隆是个好大喜功、贪图游乐的人，在他君临天下的六十年里，他六下江南巡视，每次都到扬州，乐乎这里的山与水，而瘦西湖又是"重中之重"，便促使了扬州园林迅速兴起。但扬州仅仅兴盛了四五十年就渐渐走向衰落。瘦西湖的兴衰，同扬州盐业的兴衰有着直接的关系。扬州有运河之利，东连大海，西溯长江，优越的地理位置，使其成为我国中部各省食盐的集散地，盐商富贾云集。到"乾隆盛世"时，扬州商业经济已冠全国。这些盐商的富有，达到金银珠宝视为泥沙的地步，酣歌恒舞，穷极华靡。他们为了讨好献媚乾隆，竭尽奉承迎合之能事，踊跃承担皇帝南巡费用。乾隆"六下"扬州也对盐商屡屡加级减赋，这些都是龙颜大悦的收获。

乾隆每来一次，湖上就添几处新景，十多年下来，就有二十多处了，有些园林还是乾隆赐额。扬州园林极盛时，湖两岸园林连成片，无一寸隙地，其奇思妙构，点缀天然或亭或台，或墙或石，或竹或树，半隐半露间使人不觉其中，"绿杨城郭是扬州"非虚也。到了乾隆晚年，政治趋于腐败，贪污横行。尤其是嘉庆五年（1800年）后，鸦片大量输入，白银源源外流，内忧外患，清廷财政空前危机。随之盐税一再加重，杂费百出，迫使盐商高价售盐，转嫁负担，百姓开始少吃食盐或低价购买私盐，官盐便慢慢失去了市场。再者两淮盐商历年积欠盐税甚巨，道光追欠，抄没了各大盐商家资抵押，使两淮盐商全面破产。盐商们的衰败，使瘦西湖也跟着走向衰落。嘉庆末年，湖上园林颓废过半。

到了咸丰三年（1853年），清军围困坚守扬州的太平军时，放了一把大火，使本已破碎的风雅之地，一下子荡然无存。

直到同治初，扬州盐业又渐盛，不少名胜得以恢复。

到了解放前，又破败荒芜了。

繁华已尽，曲终人散。

大运河上的这座城市暗淡了，只有一些破败不堪的建筑昭示往日残梦。仿佛一夜之间，那些富甲天下的徽商消踪灭迹了。任何事情的成因都与它自身以及所处的时代有关。每一个时代都隐藏着生长以及摧毁的无形力量。

历史总是这样循环，如波浪一样起起伏伏。

瘦西湖，好一个时代兴衰的晴雨表。

四

　　雨不知在何时停了。

　　太阳穿过烟波，把我看得见与看不见的扬州沐浴，连同我一个过客的心情。置身在瘦西湖，更是显得神清气爽。眼前的瘦西湖给人色彩相和、气韵生动、玲珑通透之感。那"其烟渚柔波之自然，其婉丽妩媚之气质，其人工与自然相融合之天衣无缝，窈折幽胜，仍为苏杭等地之园林所无法比拟者"。

　　天放晴了，信步扬州。

　　我想：扬州之夜一定月朗乾坤。

　　那月光之下的瘦西湖，又将生出几多情趣。

　　扬州好啊，可我终究要走了。

　　是的，赏不赏月又何妨？给自己留下一点遗憾，成为再来的理由。

　　走出扬州，我有好些日子，还没有醒过神来。

永远的歌手

从市区去连云山丽江的路有点远，却被女儿的话说短了。

一路上，女儿一会儿望着窗外路边怒放的一簇簇、一丛丛山花入迷，一会儿，又问你最喜欢什么花。女儿的小脑袋伸进伸出。我说：浪花！女儿很吃惊，也很疑惑地回望着我，黑眼珠子飞快地打转转，就来劲了。为什么不是雪花呢？我说：浪花似飞雪，浪花是河流的歌声，也是永不谢幕的歌手。女儿一下子猜到了我的用意，便说：那山、那树不都是忠实的粉丝？！回答正确，奖励你和林中的鸟儿对歌，我指着树枝上叽叽喳喳的鸟儿说。

女儿有些生气，以为我笑话她啰唆，眉头一皱，黑眼珠挤出一线白光，向我射来。我说：你不知道啊，是山中的鸟儿不服气，每天从大清早就对着那条溪水歌唱，它要跟浪花比赛呢！到时你漂在峡谷里，不就变成了一朵浪花？

女儿的脸色开始阴转晴，不好意思地挤挤眉冲我说：一朵浪花？有点意思！那我就做浪花与鸟儿比赛的裁判吧！

女儿怕水，怕得厉害。多次带她学游泳，一到水边就吓得不敢近水，躲闪得远远的，生怕跌下去。几次去漂流，她都以各种理由拒绝了。不是说这地方太险，不能去，就是那地方太不刺

激，也喊漂流，不去！我家闺女就这样，明明自己怕水，又不说出来，你还不能揭穿，破了她的面子有你好受的。于是我就用激将法逗她：你要什么样的漂流你才去？她得意地回答：既要不危险，又要有刺激的地方，你有吗？她以为这道题难倒了我，那笑声里有点诡异。有是有，平江的丽江，你敢去吗？敢去！就是不乐意去。你以为人家稀罕你去呀，他们那里要求十二岁以上的才可以去玩哩！你要到下半年才有资格呢！去就去，谁怕谁，有事老爸顶着。这个年龄的女孩，你还真难猜她的心理。

　　头天晚上，女儿准备得很认真，时而去阳台看天气，时而上网查资料，把有关注意事项告诉我，那细心还真让我感动。看来女儿这回是动真格的。我在暗暗地得意自己巧妙地说服了女儿。

我们是中午抵达芦头林场的。林场这里是起漂点，据说到落漂点七千米有余。听说从这里翻过那个山头，就是浏阳的大围山了，山水自然一脉相承。

大凡一座好山，一定植被好。植被好的山，注定是由一条好水养着的。山自然是湘北第一大山，水便是眼前的这条野性十足的丽江了，这一点，芦头林场是最具说服力的。林场是我省第二大林场，方圆几十里郁郁葱葱，是湖南有名的原始次生林，里面有许多珍奇植物，还有野兽。森林里没有路，人是不敢轻易闯进去，很容易迷路。说不准冲出云豹、野猪什么的攻击人，那也是很危险的。

吃过山里可口的饭菜，我家女儿就急不可耐了。

她自个儿把头发扎稳妥了，又试了双跟脚的布鞋，就催促我。

我向店老板要了一根小绳子，把眼镜稳固了。平常漂流从来没有在意过有什么需要准备的。可女儿一来，情形就不一样了。我必须做好她的保护神。既要鼓励她大胆地上皮筏子，又要教她一些基本的知识。更不能吓着她，不然她掉头不漂了，我几天的努力就算白费了。

深入起漂点，丽江像天堂飘落的一条白练，束在大山的腰间。

起漂点其实就是峡谷的一个蓄水池，这第一关起漂尤其惊险，落差近三十米，一条槽床牵引而下，而谷底就是一个深潭，有不少民工守护在那里随时救援。待在蓄水池好一会儿，水把我的目光抬高了，把山抬高了，把天空也抬高了。鸟儿在峡谷上空飞来飞去，只有天空的白云一动不动，牢牢地粘贴在蓝天的画布上。一群红蜻蜓点不着水，就在我们的头顶盘旋。没漂之前，旅行社的人就告诉我，只要闯过了这一关，余下的就平缓许多了。我自恃水性好，平常漂流的经验比较丰富，就要求带着女儿尝试第一漂，主要是这时候女儿不会过于紧张，谁知，女儿坚决反对，说这是拿她宝贵的生命冒险，你这老爸怎么当的，一点也不雷锋。要是真的为漂流捐躯就太没面子了。大家都在争先恐后，我这闺女倒沉得住气，老喊爸爸我们不慌，等等，再等等。下去的皮筏子差不多半数翻了，人落水的情形很狼狈。女儿的眼神系在浪花上像打了死结似的，半天没有收回。我猜测她有些犹豫了，开始打退堂鼓。这不是半途而废吗？我又开始激将她：就这样回家后，怎么向你妈交代，到了学校又怎么向同学交代，当了逃兵。一提到她妈她就反问我：如果是换了老妈她敢不敢下？我说：肯定会的。为什么？因为我是她的保护伞。女儿平常喜欢与她妈较劲，凡事我就成了她俩的裁判了。不服输的性格让女儿再次坚强起来：大不了翻船，我破釜沉舟哩！说完，她抓紧皮筏子绳索，示意我导航开漂。

嗖——几乎是一瞬间，我们的皮筏子飞流直下，倾泻的浪花猛扑过来，像要撕裂我们的皮筏子似的。这时的女儿多么勇敢，笔挺地端坐着，并没有恐惧。我们平安地闯过了这一关，女儿以胜利的姿态狂呼起来……

闯过了第一关，后面的并不平缓，但对女儿来说，已经不算什么了。一柄桂桨在她手中起起落落，有时还帮助我把皮筏子里的积水舀干净。这样父女连心，我们很快超越了先行开漂的人，漂到了最前面。

　　丽江峡谷无疑是美的。水是眼波横，山是眉峰聚。那燃烧的阳光，从峡谷两岸密密的树木斜枝搭起的凉棚漏下来，跌落在溪水中，无声无息。那山花香了整个一条峡谷，一阵一阵的，像波浪，是这六月的风送过来的，有点奢侈。间或还有一瓣两瓣叫不出名字的花也飘逸下来，落到头顶，落到湿湿的身上，落到溪水里，被流水领走或淹没。间歇还会遇见瀑布挂在眼帘，漂移过来，有时，你实在没有看见瀑布，却能听见哗然的水响，隐隐约约的。你分不清这响声来自何方，又觉得哪一方都在响。那响声抵达你的耳朵时就融化了，你无论如何也分不清自己是什么了。

　　在一个溪水冲聚的深潭，水是迂回环绕的，我们的皮筏子在这里打转转，与随后而来的皮筏子撞在一起，其中两个女孩驾驭

的那条撞翻了，女孩掉入潭水中，女儿马上向我下命令：快，快救人！其实不容女儿说我也会救的。我把这两位来自长沙的美女救起，又把皮筏子翻过来，让她们重新上了皮筏子。道谢的话里明显有感激成分，我女儿就开始调侃她老爸英雄救美，要不要她把光辉事迹汇报给家里的领导发奖状啊！我佯装生气。她说看你还逼不逼我写作文，我回去就写你这段事迹，还加点油，放些醋搅拌一下，嘿、嘿、嘿！我逗她：要怎么样不向你妈告黑状，她说除非这两个美女一个是厉娜、一个是尚文婕。可是你老爸压根儿就不喜欢，她们的歌声又哪能和溪水中的浪花声相比呢？这是哪跟哪的事啊。

　　这次漂流一晃又是一年了，女儿又开始嚷嚷了：她最后的一个儿童节已过了，是名副其实的少女，无论是作为纪念也好，还是奖励也好，今年理应再漂一次丽江。她还说这些天来，似乎耳朵都飞翔起来了，听见那里的溪水在歌唱、在呼唤。

聂市老街

　　一进聂市老街，鞭炮声就深巷里回响着，并顽强地传到了街口。声音有点嘶哑，像风烛残年的老人的咳嗽声那样无力。我是没想到逼仄的老街居然还有这等消音功能，这是我以前完全忽略了的并不奇怪的现象。一行的摄影家中有人自作多情，说什么是欢庆咱们的到来。事实上，就我们这帮角色实在无关古街的痛痒，只是"长枪短炮"的一队人马，像又要在这个地方拍什么电影似的，是要惹来注目的眼光的，何况曾经这里还拍过一部不怎

么有名的电影，让老街的人至今还津津乐道。加上我们还请来了
市歌舞团的几位美女演员做模特，老街的孩子们就围了过来，成
了我们的开路先锋。要不然，我们寻找的老屋还要费些周折。满
街堆集的建筑材料早就把路堵塞了，有的老屋前一阵还在，现在
就拆得只剩骨架了。刚才的鞭炮就是为一户人家的新居落成而燃
放的。那种用水泥预制板盖顶的小楼房，早已开始野蛮地攻陷这
个古镇，在明朗朗的太阳下，它们金属般的材料折射出金属的光
泽，我的眼睛像扎进了禾芒一样隐隐作痛。尤其是那俗艳的马赛
克的颜色，在青山绿水的怀抱里，是那样的放纵和肆虐，浑身上
下凸显出强硬的反叛意味。这种与自然极不协调的符号遭到自然
环境的排斥是理所当然的。即使这些建筑材料是多么的坚固耐

用，却着实不能吸取日月精华，注定与大自然抵牾相斥。

　　起初来的时候，我就只想用镜头记录聂市快速消亡的历史场景，见证这座所谓的历史文化名镇，其文化的冠冕和旗幡是如何倒塌在人类的精神家园的瓦砾上。我压根儿也不打算用我的文字来为它的行将就木进行最后的挽歌，或者进行祈祷什么。我知道我的文字是多么的微不足道，一定会淹没在越来越密集的鞭炮声中，没有丝毫回音。文字是多么的脆弱、孤立无援。就像到嘴边的一口唾沫，生生地吞进去一样，是那样的无可奈何。

　　这些时日里，我被什么撕咬着，纠缠着。夜半时分，还有青面獠牙的鬼魅呼之欲出，好像它们被那鞭炮声吵醒似的，在阴间永无宁日了。那种寂泣的投诉就这样把我从睡梦中搜醒，病急了乱投医，找错了门道赶也赶不走。离地三尺有神明，我算是撞见鬼魅了。谁叫我这些年对久远年代的老屋情有独钟呢？我自己也不知道从什么时候起，老屋成了我精神家园的既定俗成的心灵符码，有着跟人一样的思想和情感，并像神明一样指示我们的来路，并理解我们先人的生活历史和面对苦难的生存智慧和意志。

何况聂市的来路不简单，相传此地为三国东吴名将黄盖在这里恭迎孙权的车驾，而得名接驾市，后演绎为聂家市，再到今天的聂市。传说不足为凭，可这里是三国时期的一个重要交通枢纽不容置疑。昔日水运发达，商贾云集，有"小汉口"之誉，便可以想象曾经的繁华与喧嚷了。相形之下，而今的聂市有如沸点过后的一瓢陈年冷开水，漾不起激情来，一切归于宁静。正是这种强烈的对比反差，让我的这帮搞摄影的"好色之徒"，找到了一种视觉上的快意，并以现代美女置身于这种极不协调的场景里，产生一种另类的审美效果。

我眼中的聂市，沧桑感浓郁得化不开，它是受损坏的老墙，是腐朽的梁柱，是找不到钥匙无法进入的古宅，它又是古井旁新鲜的湿迹，是门楣和窗户上依稀可辨的文字和图案，是坐在神龛之上的那尊供奉的雕像，也是大门上高挂的红灯笼。它的历史无须到故纸堆里去寻找，它印在身后的那条河水里，装订在高高的木楼上。雕刻精美的门头，就是它的封面，气派的大厅迎来送往的故事就是内容了，这一栋栋做工精美的大院和阁楼，又何曾不是财富的纪念碑。望着它们的老去、颓败，又何曾不是金钱的墓志铭。

当"好色之徒"们的镜头，对准风姿绰约的美女时，我的目光落在一栋老屋唯一幸存的石狮子上。这是一对完好的石狮子，就在我的目光接触的瞬间，相视无语，无语话凄凉。不谙世事的孩童们在骑狮逗玩，而狮子早就没了脾气，温驯得连一声叹息都没有了。曾是门庭威严肃穆的象征物，已然感到大势已去。在我眼里，这片残垣断壁的表情是矛盾的，虽然天庭饱满，却黯然无神。虽然地角方圆，却满目疮痍。几分依稀尚存的威势，竟浸透了苍凉之感，委实让人感怀。也许，这些老屋物是人非，几度易主。仰望梁上空空的燕窝，檐下空空的眼神，恍惚之间，我会觉得人与燕都是寄人篱下的匆匆过客。老屋甚至遭到遗弃也不是稀罕的际遇。从而注定要从院子里长出青草来，成为雀鸟的驿站，蝙蝠的天庭。

人知道需要雨露阳光的滋养，老屋更知道需要人的滋养。有了人，老屋的砖石木材就有了体温；有了人，梁柱及飞檐就有了鼻息；有了人，破裂的青瓦就会呻吟，残缺的雕花也会喊痛。我的痛心疾首源于那些大把花钱，去买文化名镇的冠冕，而对保护这些仅存的文化遗产喋喋叫穷，掏不出一个子来的庸官俗人。我更不知道，他们顶着这顶来之不易的冠冕招摇，是出于什么样的人文心理？倘若没有让世人发现这个能代表江南风物的古村，它还藏在青山秀水的臂膀里，任其生生息息，或许还是一种最好的保护方式。要知道现代文明正以摧枯拉朽之势，荡涤着生长在农耕文化土壤上的宗族文化的意识，其速度和力度实在难以置信。遥想当年，强大的政治力量辅以极端的手段，也不过是伤及宗族文化的皮毛或筋骨，使之暂时偃旗息鼓。而现在新的生活方式，却能轻易地把人心给掳掠去了。从这种集体的性格心理中，

　　一介书生的我，知道文字拯救不了洪水猛兽一般改变的人心，却仍然固执己见地呼喊。或许能喊醒潜伏在人类血脉里的因袭。我是多么的自不量力。

　　身后的河流忧郁地唱着一首陈年老调。我把摄友们种植在老屋里，随光影与线条舞蹈。而我，独自来到河码头，和鸣河流的忧郁。码头自然有些年月了，比我见过的所有白胡子老头都大多了。码头的基石竟然是石碑铺成的，每一块上面都镌刻了文字。但字迹风化或磨损得已经模糊难辨了，这些想不朽的文字是歌功还是载德，就不得而知了。知了的是这些石碑在码头躺成了一堆堆文字的骸骨，倒映在清澈的河水里，洗涤一个年代湿漉漉的灵魂。

山盟之约

　　此山非彼山，此山受众多的彼山拥戴，此山就站得比彼山高了，是站在彼山肩上的，或头顶上的一座大山，从而出山头地。远远望去，像是托举的，又像挺举。入山的时候，便隐若听见山呼的声音，有节奏，呈波浪形。以我过来人的经验，这山呼的声音，是一种集日月精华、采天地之气吐纳出来的声音，任何一种语言都无法准确地描绘和临摹，我只能凭感觉触到此山的王者之气，便认了眼前的山为众山之王。

　　先前，我并没想过去接受一座无名山的圣谕。走过不少名山名川之后，也就觉得一处好的山水，不过是我的一服好的草药，偶感风寒时止止痒、疗疗伤、顺顺气罢了。更多的时候，我是我自己的臣子，我只听从内心的召唤。在我简约的宫殿里，我心如止水，读书写作，足不出户。把去年的春天和之前的春天还给开放的花朵，把夏天托付鼓噪的蝉鸣，把秋天邮寄丰收的果园，把冬天埋在江南的雪域里。

我是我，我是一个人的王，我只听从内心的召唤。

我足不出户，我是我内心的王。

内心是一座岛，岛的四周水域茫茫，我是岛上的王。岛上无四季，我是第五季。我在岛上看日出，也看日落。甚至还以王的

身份，在岛上周游列国。岛是一艘不沉的航空母舰。如果有一天，我不在岛上，我就把自己丢了。如同一个梦游的人，入梦之前，还知道那张产生睡意的床收留了他，他就在不知不觉中入了梦。至于是如何受梦的牵引离开了床，去了什么地方，又跟谁说了几句无头无尾的话之后，梦又把梦游者送回了入梦的地方。这一切，他全然不知。

我去过的那个有神仙的地方在哪里？好多好多的神仙姐姐又去了哪里？

在一座大山里，东南方向，有活佛的地方。

受内心的指引，看来我又要起程了。我就是那个梦游者，要去梦中的天堂。去之前，我曾向这个天堂下了请柬，我却收到天堂的邀请。我这才恍然大悟：我要群山之王下山是不可能的，原来我又做了一个梦。如果梦能发芽，也能像植物长大，那就不得了了，我的梦会占领所有山头的，到了那时大山真的要下山，我的梦赶走了大山，天堂也会荒芜的。于是我要去这座大山收梦。

如果收梦也是一种劳动，我就选了五一劳动节这天，去完成我的山盟之约。

入得山来，山岚缥缈，群山绵延起伏怕有几百里。我仰痛了肩上的头，脖子也酸了，仍然分不出哪是此山哪又是彼山。只知道它的总冠名为阳明山，因才被世俗之人发现，面纱只揭开了一角，游尘还不多，也就有了这么多没有名字的孩子。我想认领一个，替它取个好听的名字。于是，我去了万寿寺拜见坐化成佛的郑秀峰禅师。万寿寺在主峰之下的南侧花岗岩石坡上，海拔1350多米，站在这里，左右山势如青黄两条龙逶迤怀抱。进了寺门，不见活佛七祖出来相迎，他还立在神龛之上打坐纹丝不动，才知他自明嘉靖三十一年起，就没有从神龛的祭台之上下来过，远近士庶登山礼拜者不少，善男信女络绎不绝，数百年来香火鼎盛，他被朝拜的香客供着就走不下来了。

七祖太忙，我就不打扰他了，但愿所有祈求之人梦想成真。什么也不想去求的我以自己的方式行过礼之后，只在寺旁的井中取了一瓢圣水，洗了一把脸，涤净那些沾惹的游尘，便退出了寺门。原以为，寺庙是块清静之地，我可以在这里思想，或者觉悟，一解在凡尘还没有参透的一些困的和惑的东西。在这里，从香客的眼神里，我似乎看到了凡尘有太多的人被恩怨是非困惑着，需要被拯救，需要阿弥陀佛。一把香火焚烧就真的能破解心中的块垒吗？

转身之际，我忽然顿悟了佛地的圣光只照在佛堂内。凡尘之人，还得靠一双手，劳动才能创造一切。要是我这一顿断炊了，佛能度我吗？在现实生活里，我见过化缘的寺庙中的人还不少，却从来没见过救苦救难的菩萨。

出得寺来，众山朝我的视野包抄过来。我看见天空的脸色并不怎么好看，像穿孔似的遗落了什么找不着了。一些黑块状的云朵，成了天空的补丁，显得异常褴褛。谁说云想衣裳花想容，这些穿着补丁衣裳流浪的云朵，像穷人家遗弃的孩子，找不到回家的路。寺庙肯定是不会收留你的。那么，就都做我的孩子吧！这些可怜的孩子。雨就一下子哗啦啦地下来了，把我围在雨水的中央。我伸手去接、去捧，那雨滴像孩子的眼泪晶莹剔透。这么多的雨滴，又是哪朵云化作的雨呢？溅在我的手掌心内，又已经不是泪水了，那欢快的跳跃，分明是向我表演轻曼的舞蹈，手掌上

的舞蹈。雨点以微弱的光芒,一点点小小的力量,打动我、感化我成为雨点的一部分。带着雨点上路,雨点点燃我,我在雨水里燃烧,在雨水的呼吸里感受一种不可抗拒的力量。那是寺北山中盈盈而来的花朵的气息,一种叫云锦杜鹃的花用花的意韵写成的无字书笺,托风儿传给我的。透过雨帘,只见那寺北的山头红得像后宫粉黛,雨中纵情。

这就是没名字,在我还没想好名字之前,唤作此山的那座大山,一个有王者之气的大山。想必此山也梦游,游进了我的梦境中。我牵着此山出游的梦,送回入梦的地方,此山还不曾醒来。此山才是真正的梦游者。

轻轻地走在山的梦境里,红杜鹃、黄杜鹃、紫杜鹃竞相开放,像燃烧的焰火,天空的雨水浇不灭这燃烧的焰火。这种饮血

或泣血的杜鹃花，在我湘北的故乡的山丘里也有，队伍不大，家族不旺，像流落民间的女子，命苦。开在四月的流水里，青春很短，才吐出花容的光芒，还来不及打开爱情的心扉，花瓣就被北风吹落，光芒就被雨水浇灭，身子就被流水带走。我手握的铁镐，不知要向哪块土地动镐？为你建一个小小的花冢，把你小小的身子和爱一并放进去。而你更像被拐骗的女儿进错了山头。那么，你的故乡又在哪里？还有你的亲人呢？

如果这里是你的故乡，我已经找到了你的亲人，血脉同宗的家族，还有那么多神仙姐姐住在一个屋檐下，像住在五月的天堂里，讨论爱情的表达方式。我听见了她们的窃窃私语。有的说要像春天的蝴蝶一样浪漫；有的说要像夏天的太阳一样炽热；有的说要像秋天的星星一样深邃；有的说要像冬天的寒梅一样孤傲。还有的一言不发，她们的花骨朵儿一点点红，都蹲在枝头似乎不懂姐姐们的花事，且又羞答答地偷偷倾听。看来，她们是六月的宠儿，都是你的亲表妹。如果姐姐们的花期过了，她们会不会有更前沿时尚的爱情表白和体验？

其实，所有的花不管曾经绽放得多么灿烂，到头来又有哪一朵不带着忧伤？花无百日红，这是花儿的宿命。花开花落，卿为谁生？

传说中的杜鹃，开白色的花朵。只因一位姿容卓然的民间女子，被选为了蜀帝的妃子而宁死不从，自刎于王宫，变成了一只思念前夫的杜鹃鸟，昼夜悲啼，口中流血，竟把白色的杜鹃染红了。这个凄美的传说，无疑把杜鹃花人格化了，成了忠贞不渝的爱情的象征。

在梦中，每一朵花都有好看的花容。就像每一个女孩，都是天生的花朵。只要用爱心去访，都能从山中找出与之对应的花属于自己。如此一来，每一朵花也就有了属于自己的树，也是自己的王啊！

我无法为爱情过多地释疑，我的山盟之约或许只是来见证杜鹃花的。不像郑秀峰能遇上观音菩萨，剔除杂物，布遍杜鹃，并在花丛中赐予石台，可他在杜鹃花中舍下故乡和年迈的母亲，才有了凡胎肉体坐化成佛的七祖。

我还能说什么？

易水犹寒

一条瘦弱而纤细的河流，接住了我一路风尘的脚步。

我如打在岸上的一个逗号，注定在这里停顿不了多久。我忧郁的心情，如一片没有走到秋天而凋零的落叶，显得那样茫然与无助。一片树叶落下来，注定不能返上枝头，成为树上的一片绿色，与阳光一起明媚。如同这条浸染着悲欢离合的易水，再也回不去曾经的波澜壮阔。

一条河流会是什么样的心情，我可以说我已经完全猜透了。而我此行的目的是要从这条河流遗留的残骸中，寻找到历史的蛛丝马迹，收获历史留给我的一份馈赠。

看来易水跟我开了一个极大的玩笑。

眼前乱哄哄的杂草从此岸蔓延到彼岸，那条掩埋在河床的易水，如一根快要枯死的青藤，干巴巴地伏在河道上，让人联想那风烛残年的老人，那奄奄一息的模样。这一脉浅水，在我肉眼里泛着铁青色，荡漾着些许漂浮物，向下游缓缓地移动。几只雀鸟立在漂浮物上，任缓慢的流水牵引而行。

如果你是站在燕山上看下来，这条易水极像一行苦命的清泪，灼痛两岸的土地，吐出喉管似的青烟。

如果你是从空中看下来，这条易水无疑又是一把象形的匕首，在阳光的反衬下，透着一股青幽的寒光，似乎是向人类昭示着什么。

不远处，我看见了河面上的船只，不是那种穿梭在河流里的小船，而是锚在河道中央的大挖沙船。放牛娃告诉我是采矿石的船，我的心一阵钻疼，知道这条河流的大限就要到了。我家乡的汨罗江也是这样的。这一南一北的两条河流的命运，为什么如此惊人地相似？

伫立堤岸上，历史的长风显得稀薄，甚至是遁入无形之中。而我的一头雾水，久久不能散去。那风似乎是隐匿在灌木丛中的，间或有沙沙的声响入耳，仿佛有什么出没似的。回过头来，又什么也没看见。我犹豫了一下，还是挪动了如铅的脚步，向易水送去了我零距离接触的最初愿望。

走近河流，我选择了一个干爽的地方，弯下了身躯。这天气很热，我必须捧水洗一把大汗的花脸，也不完全是为了洗这把脸，我要试探这水是否与传说的那样充满神奇。在我反复掬捧之中，我并没有感到这水的与众不同。这是七月，我在出易县四五公里处看见的这条易水河。这条河流显然老态龙钟了，到了近乎断流的地步。让我不敢认出眼前的这条易水，就是当年送别

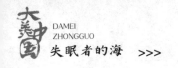

荆轲的易水。

　　先天在易县一家旅馆住的时候，我就找了当地人打听这条著名的易水河。有人说早在1997年就断流了，一断就是七年多，听说是因了干旱的缘故。其实后来我才知道，有不少的人心里跟明镜似的，只是不想说出来而已。哄鬼的事哪里都会有，太行山区又能例外吗？除非源头高海拔的燕山山脉没下过雪，这也是不可能的。

　　易水河之寒，因燕山雪域融化而得之。来的时候，尽管好心人善意地劝说我没有看头，可我还是怀着对易水的尊敬、对英雄的膜拜，一路访过去了。

　　易水河分南北易水河，我就近来到北易水河。伫立河畔，我知道一两掬易水河的污水，是没法让我照清自己的模样，更无法看清历史的模样的。感觉自己比先前蒙尘时更难看了。一个凡夫俗子千里迢迢，却在易水河取不到一瓢清水，无疑让人心寒透骨，替一个旅人，更替荆轲壮士的热血。他留下的人文精神是否随易水萎缩和干涸了？这是多么可怕的预兆。梭罗说过：河流是一面镜子，能测量出人类天性的深浅。

　　我说历史如镜面，能回放一段段精彩的故事场景，在历史的长河里凸显出河流的波涛与浪花。在易水，我无法触景生情，只能闭一下眼睛想象，两千三百年前的易水河就这样复活了，滔滔向东汇流拒马河、入大清河、归海河至渤海。

　　一条并不起眼的易水河，因了一个叫荆轲的英雄壮举而誉满天下。

　　风萧萧兮易水寒，壮士一去兮不复还！

　　伴着高渐离悲怆的击筑声，荆轲引吭高歌，心如易水的波涛起伏着。泪痕满面的燕太子丹向他敬酒，随后他转身跃上了马车，同秦舞阳绝尘而去。送行的众人纷纷拜倒，白色的衣冠如同一片霜雪从天而降。待送行的人抬起头来，荆轲已经消失在远处，只有马骑留下的一路烟尘在易水岸边纷纷扬扬……

易水河见证的这一幕，无疑是一场生离死别。荆轲回不来了，永远，永远……

滔滔易水东逝，归大海。问易水，壮士魂魄可曾回来？

两千三百年过去了，易水已然不是那条送别壮士的易水。

今天，站到历尽沧桑的古易水河畔，放眼西望，群山似阵，落日带血，好像战国时期的杀气仍未散尽。远处那耸立在高坡上，荆轲塔顶着沉沉暮色和千古风霜，仿佛一座苍老孤独的高碑，告诉人们这里曾经的慷慨与悲壮不曾谢幕。

其实，历史舞台从来就不曾落下大幕，只是舞台上的人物不同而已。

在这个英雄匮乏的年代里，物质的盛宴改变了人们崇尚的方向，荆轲等人渐渐被人淡忘也不足为奇。或许，我是一个落伍者，从狼牙山下来之后，现代"五壮士"的英雄事迹，让我意犹未尽，再来易水河怀古，见证那个送别荆轲的易水，显然我遇到了意想不到的迷茫。历经沧桑的易水，而今已然是支离破碎，以沉默对抗着欲望的喧嚣与尘埃，我隐隐感觉易水有话要说，为什么又缄言不语？是否你也对一把短短的匕首产生了忌讳，抑或是因了其他什么的缺失和沦陷，为什么一定要用一把短短的匕首，来换取划破几千年黑暗的王者的一声尖叫？

匕首不出声，易水东流去。

改朝换代，江山易主。山河聚了又破，破了又聚。社稷亡了，又建，似乎历史就是这样跌跌撞撞走过来的。

易水犹寒兮，无语胜有声。

天堂矮寨

　　在大湘西的崇山峻岭里行走，这对一个在洞庭湖平原生活久了的人来说，很自然地就把眼前的群山想象成凝固的波浪。那车子如同湖区的汉子扎猛子一样，从波峰浪尖上，朝着一个很神秘的谷底扎下去。谷底虽说不是传说中的龙宫，却弥漫着极其浓郁的地方民族的气息，那神话一般的民族演绎史，又岂是虚幻的龙宫所能比拟的。

　　这个谷底叫德夯，这是苗语的叫法。用汉语翻译即美丽的峡谷。在天神看来，那些生长在峡谷里的吊脚楼，好像是长在山里大树上摘也摘不掉的黑木耳。事实上，她只不过是矮寨镇的一个村落，我还是叫她德夯矮寨。

　　而到湘西凤凰不到德夯，有如人吃饭，只是三成的温饱，那种滋味就是一种遗憾。我们从物欲横流的都市里走出来，走到凤凰这个地方，无疑是另一种饥渴，那是精神层面上的。我们正在如饥似渴地寻觅那种非物质文化的东西，从而充实我们日趋空洞的精神需求。

　　这些年，我们用白银一样的时间换取的岁月，在远离古老村庄的地方，成为匆匆上路的开始。我们生存的心理从最初的无形逐渐转向有形，从非物质转向物质，从口头语言转向文明腔调。

一个右脑时代的结束，一个左脑时代的开始。那些不和庄稼混合的人们，不知在寻找什么样的生存方式？时间和空间都在发生分离的变化，村庄似乎成了可以编织的花环，但不知要放在哪个神龛的祭台上？

于是，我吸收和消化的系统上，多了一粒粒像牛粪的石子，让人在不知不觉中产生了一种隐疼。这并不是说那种纯粹的凤凰文化的消失，而是多民族文化交融后的变异，使之在寻觅的过程中带来障碍，甚至是新的误区。仅这一点，德夯就不一样了。这还是个纯正的苗区，所有苗族最原始的习俗都沿袭下来了，你根本不需考虑像筛子选米一样剔出沙子、稗谷及其他杂物，他们都是清一色的九黎部落人，也是最后的坚守者。

小小的德夯，无疑成了一个最具民族特色的村落。

随文联采风团去凤凰的那

次，我差点又与这个村落失之交臂。只因大队人马，行动缓慢，把许多白花花的时间给耽误了大半。

这个乾坤颠倒给了自治州政府负责接待的东道主一个措手不及。花了心思预备的一个隆重欢迎仪式，刚把人员解散不久，这个五十多人的队伍却又随后赶到，热情的东道主能不手忙脚乱吗？幸亏我们没有直接进寨，接待人士引大家先看"矮寨天险"的公路奇观。这条盘山曲绕十三道大弯的公路，仿佛有一种去天堂的感觉。那窗外的百丈深渊让人不寒而栗。据说这条公路是湘川的主要通道，是中华民国"总统"当年亲手抓的工程项目，先后有二百多名筑路者遇难。那高高耸立的纪念塔和"开路先锋"铜像便是这一历史的见证。

从这里俯瞰峡谷，矮寨真矮，黑压压的点线成片，蹲在绿韵的田畴的中央，有乳白的雾岚、青黛的炊烟，或袅袅轻飘，或扶摇直上，恬静中显露出几分似浮又沉的意境。仿佛祖先的天堂，苗人在这里过着与世无争的惬意生活。

这是苗人的祖先独到的眼光。

早在五千年前的远古时代，以战神蚩尤为首领的祖先们，生活在黄河之滨的中游，这个九黎部落与黄帝部落在中原发生了一场空前的战争。九黎战败后往南退居长江中下游一带，休养生息后的九黎渐渐壮大，由先前的九黎发展为三苗。这个三苗部落又开始与尧、舜、禹为首的其他部落进行抗争，又失败了。三苗的一支系向西南迁徙，另两支迁徙到楚、蜀、黔三省边界，形成了湘西苗族。

德夯无疑是其中一个支系里的根须。

　　从历史发展的脉络来看，苗人从一次次失败到一次次退让，表面上似乎是弱肉强食的生存关系。这个不屈的民族又为什么没有玉石俱焚呢？从人性学分析，或许是人的基因细胞里有着一种更为向善的美德，那就是学会忍让和放弃。西方习惯说西方是为了寻找新的乐土。我产生这种认识源于一个姓吴的苗家民俗学家。在我第一次去凤凰时，是他为我导游。他通过对苗族的生存发展史进行深入考察与研究后，很博学地论道他们的先民们，我才知道苗人从北方南迁后，主要选择崇山峻岭作为繁衍生息的地方。这些地方交通闭塞，也是天然屏障，退可守，进可攻。

这天傍晚，从矮寨天险下来，在一阵鼓乐狮龙相迎之后，喝过热情的黛帕（少女）的拦门酒，晚餐又是醉人的苞谷烧。黛帕们个个穿着崭新的苗服，青的、蓝的，还有红的，她们唱着山歌向远到的客人敬酒，既能对歌又能喝酒的客人，就能收到黛帕的礼物，有的是她们亲手缝制的香囊，有的是一个手艺精细的刺绣挎包，那都是苗家少女的一片心意，乐得大伙喜笑颜开。晚上，又和黛帕们一起参加篝火晚会。丈把高的火焰像个巨大的火把，把整个山寨照得亮堂堂的。

从晚会里出来不到十点，寨子里已经是寂静一片，除了几个吊脚楼上还有灯光外，就剩了萤火虫照我在月色朦胧中独自徘徊，进寨的大门早已关闭，这是苗家自上古以来就养成的习俗，在这样的夜晚，我没有早睡的习惯，不然容易失眠。绕寨走过几周后，返回溪边的宿地，我干脆坐在石拱桥上，仰头可以数似水晶的星星有几多。俯首便与桥下溪水对话，还可以听一阵一阵的月下蛙鸣。鼓噪的蛙鸣如风似雨，催生五月的田地里刚插过的秧苗迅速返青。那水田里的潮湿的气息中，夹带着沤熟的牛粪和草根的气味送过来，一如送来了一个故乡。

无端地多了一个故乡。生我养我的那个村庄早就消失了，我在许多文章里不厌其烦地提起。所以我的那个故乡变成了一个概念，存放在记忆里，是失意时重温的由头。而这个故乡有如相亲，一见如故。

去看黄河

　　去徐州出差，取道郑州中转，无疑是了却一个心愿：去看黄河。

　　郑州是一座古老的商都，地处中华民族发祥地的黄河流域。这些年，我曾多次上北京，列车都要从黄河大桥上穿过。我都想好好地看看黄河，哪怕只匆匆地一瞥。然而，每次都与黄河失之交臂。因为，这趟列车都是夜晚经过。我只能凭想象去感受大禹治水的那种气吞山河之势，默默地念着"黄河之水天上来，奔流到海不复回"的壮丽。

　　这次，一到郑州，便打车出市区向西北方向奔去。仅半个小时便到了黄河游览区。这里邙岭巍巍，楼台亭榭隐含群峰之中。登上邙岭凭栏临风，黄河就在眼前舒展地躺着，全然没有大河滔滔的气势。这时的黄河，留给我一个心疼的感觉。我极小心地走近，她似乎睡着了，不发出丁点声音来，一副太累的样子。黄河由黄土高原带来的大量泥沙在自己创造的大平原上沉积下来。河床每年以 10 厘米的高度往上抬，黄河在埋葬自己。眼前便有好些地段几乎断流。

　　一位哲人曾说过，一个人倘若还有眼泪，说明对生活还充满希望和期待。假如这个人流尽了眼泪，那就只剩下绝望，留下躯

壳如同行尸走肉。

如果我们还承认黄河是我们中华民族的母亲河，眼前这河流又何尝不是一行长长的眼泪，挂在母亲的脸上，显得那般哀怨和无奈。

我真的不愿意看到黄河就这么一天天老去，更不愿意接受哪一天，她成为人类文化意义上的标本。那样的话，便是我们民族的悲哀。

我们不能没有黄河。

我们的祖先在黄河两岸的土地上繁衍生息，在与大自然作殊死斗争的同时，创造了灿烂的黄河文化，为我们子孙后代留下了丰厚的文化遗产。

站在黄河边，盘古开天辟地、女娲补天造人、伏羲始画八卦、后羿射日等神话传说——映入眼帘。

那是一条多么年轻的黄河。怀抱两岸肥沃的土地，长出壮硕的庄稼来，让一个民族的骨骼渐渐粗壮而有血性。这时，我想起了一首黄河船工号子：

　　一条飞龙出昆仑，摇头摆尾过三门。吼声震裂邙山头，惊涛骇浪把船行。

　　这就是真正的黄河，一条奔腾不羁的黄河。

　　而眼前的黄河一副绝望的模样。从感情上，我是无论如何也接受不了这个现实。断流是多么的可怕，它把我身体中不容易表现出的那份原始骨气击得粉碎，而无地自容。

　　我情愿做一个瞎子，什么也看不见，黄河便永远还是我心中的黄河。

大　界

　　出张家界城区，沿途山水一路丰盈。不过，这等好景在湖南随处可见，并无独特之处。当车子进入张家界国家森林公园前大门时，便有了戏剧性的变化。只见地貌突然变成石英石结构，两岸险峻的砂岩峰林高耸入云。中间一溪碧水潺潺穿过，令我猝不及防。

　　岩峰被仙界鬼斧砍过、削过，神工雕过、凿过，挺立深谷，没有章法，却能摄人魂魄。我心上蹿下跳，开始不守体了。这美无须捕，不用捉，睁眼便是，伸手可触。一溪、一石、一枝、一木、一花、一藤、一茎都楚楚动人。秀是它的气节，险是它的精

髓，野是它的个性，幽是它的胸怀。拥奇峰三千，揽秀水八百，是它足够成为世界自然遗产的理由。面对罕见的大美，我搜肠刮肚，也找不出贴切的词来描绘。进门挨道的石壁上，却刻下不少现代文儒显宦、英才俊杰的诗香墨迹。其中不乏高手，也有些字迹遒劲高古，笔画棱角分明，让人想起青铜的刀锋，疑是唐宋的古碑，透着几分久远的幽光。可我只是石壁前的过客，这文字前的过客，驻留是短暂的，便不一一打照面了。眼下，山路朝天，一条又一条。我只能跟在向导的后面，有如刘姥姥进了大观园。

"不登黄石寨，枉到张家界。"当地俗话我听进去了，随波逐流，跟着人群登山。而过道贴近黄石寨脚跟便瘦成了石阶，掩在茂密的森林丛中，不肯轻易露面。原来豪华的阳光经林子筛过便所剩可数。这天然荫篷搭的石阶愈显幽深、古老。林子大，奇禽异鸟便多，客人来了，便开演奏会，奏得整个林子音符弥漫，时或沾在人的衣衫上，滴在胳膊上竟变成了几粒晶莹的露珠，有时还是半青半黄的叶片。这风如古典的丫头，那么的善解人意。汗珠冒出来，便被扇走，扇不走的，站在空旷一点的地方，山谷便有大的来风扑面，撩起你的上衣角如飞舞的蝶，赏心悦目。这时，每走几步，便有一座座千姿百态的石峰从深谷拔出，直逼蓝天。如柱、如塔、如笋、如鞭、如斧、如剑，各种形象的几乎都有，换一个角度又变成其他象形的东西。松是岩壁长得最多、最坚的树种，其他诸如古藤什么的便少多了。越险的岩壁，松便越奇秀。再恶劣的环境气候都奈何不了它。风、雨、雷、电、雪于松都是一次锻打、一次锤炼。它像千年的智者，历尽无数沧桑之后，还能宁静地阅读苍天、大地。谁能走近它，谁便是生命的强者。我默默对视，从中感悟松的生存意义。鹰是值得骄傲的，它常常划破闪电，穿过雨幕，盘旋于险峰之上，与松做最亲密的接触。

我为鹰礼赞。

人类是渺小的，不及一只鹰。

我有飞翔的欲望，却没有飞翔的翅膀。只能凭双脚一步步地丈量山的高度、厚度、力度，靠智慧和才能，去拥抱、去容纳山川秀水，这是鹰所不及的。

进入腹地，我的眼界洞开，红尘的纷纷扰扰、恩恩怨怨、是是非非、功名利禄等俗物远遁了，平和的入世出世是人类生存的最高境界。

此刻，才上寨湾垭，眨眼之间，便在天然石壁拱成的岩罩横空道上，无心拾得"天书宝匣""花溪峪"与"金鸡报晓"等飞来之景，便挥一挥衣袖，送回原处。而横道下面，有5座如银柱一般的山峰高高耸入云海中，挥之不去。据说它们入地3000丈，才使张家界3000座奇山异峰千万年不倒。何况它们还背靠着高大的金鞭岩，远山叠着近山，岂是随意赶得动的。拉下眼帘，没走多远，

却被两根叫鸳鸯藤的古藤绊住。在张家界，好景处处有，闪都闪不及。更何况是两根叫鸳鸯的爱情藤呢？据说鸳鸯藤有几百岁了，长了几十米高，叶片仍是那么葱绿、那么鲜活、那么富有生命力。它们相互偎依又同甘共苦，爬岩攀树，彼此照应，让人对这种美好的情意充满羡慕和向往。

快到山顶时，腰子寨方向，一幅天然的石画镶在石壁上，依稀可以看见壁上一座土家吊脚楼，楼前铺开一条小路，几个农人荷犁扶锄、耕种作物。在上苍的眼里，劳动是一种至高无上的神圣，它赋予人类以劳动创造和收获的道理。我眼里挤满了这么多奇观异景，着实有些累了。便有好多好多的云围过来，袅袅如篆，书写乾坤。我的筋骨一下子得以舒展，几乎是腾云驾雾，飘上黄石寨的最高处六奇阁，进入大界。

腾身转览九天近，举足回看万山低。

四周盘旋起伏的峰峦迎面而来，天子山、锣鼓塔、天门山、棋盘岩、天桥遗墩等呼之欲出，争先恐后。有的巅巍巍地立着，上丰下敛，宛如锥子倒立。壁立千仞，远近高低重峦叠嶂显出许多浓淡分明、级差清晰的山体层次，那最远的山影如极淡极淡的墨在宣纸上染出一点影子，愈近则墨色愈浓。还有袁家界方向那黑枞垴在云掩雾锁中露星点原始次森林的概念，一幅幅意境无边的中国画铺开，只可意会，难以言传。想起好多年前，一次中西画界对中国画的大争执，中国画究竟是什么？多荒诞可笑的话题，现成的一个活标本，无须任何雕饰和临摹，就挂在眼前，挂在武陵源任何一处，千万年展览。

在这种大界里，我装下的实在太多，美有时也让人不堪重负，好在我下山的时候，又一一卸下，才不被美俘虏而难以自拔。

够了，我可以从容、自在地去走金鞭溪、索溪、天子山、黄龙洞了。有些许遗憾是留给几位古人的。第一位是明代地理学家、大旅游家徐霞客。他倘若生前有幸来过大界，便会对张家界的赞美胜过黄山好几筹，便不会出现"登黄山天下无山"之说。第二位便是宋朝的苏东坡，我喜欢他的大江东去的豪迈之气。如此良辰美景，我是绝不会与他赋诗的，我可以带他到龙凤庵下的白沙井旁，或金鞭溪、索溪旁，用这溪边的圆石子垒灶，找一个让溪水掏空的石罐，再盛满水，拾几枝去年的枯松，摘几朵龙虾花配茶点，我们来煮茗品茶。东坡夫子，千万不要提出，把天下煮茶的各种名水重新划分级别、档次，不然陆羽的《茶经》又要少很多读者了。

其实，在当今天下，有很多很多的人知道答案，尤其是来过大界的人，彼此心照不宣。

夜宿止马塔

走出金鞭溪幽深的谷口，进入一块平地。整个下午，难得一见的阳光，像谁家走散的羊群，齐刷刷地躺在平地上，等候主人送入羊圈。

平地叫止马塔。

相传汉留侯张良隐匿江湖，策马行至这块平地，见四周奇峰环抱、云雾袅袅、古木遮天、泉水叮咚，疑是进入仙界，便下马驻留，故称止马塔。

止马塔无塔。访遍整个张家界景区，没有飘粉流黛的雕梁画舫和飞檐亭阁等老祖宗留下的人文景观，有的是怪石嶙峋、危崖崩壁、曲壑蟠涧、银崖翠冠等，这些都是天地赐予的宝贵的自然遗产。

人远离了市井声，心中的那些残留的涛声便随闲适的鱼儿及飞鸟，变得恬静而平和。来时便有了入深山宿一夜的想法，美美地享受一番永久的宁静，把那份安谧扎实地贮藏在体内带回家。尽管山中那些由苗族、土家族人开的私家酒店，住宅条件差了一点，我仍是喜滋滋的，正有效仿张良之乐。

在这峰林的臂弯里，游客小憩的不少，而真正像我一样住店的却不多，我暗暗庆幸。草草地吃个便饭，洗个澡，便匆匆走出

酒店，去欣赏落日黄昏。落日是那个亿万年亘古不变的落日，而黄昏似乎有所不同，分层次、分时间、分空间变幻出各种不同的色彩，那没被绿色植物覆盖的裸露岩壁，涂上了或金黄、或绛红、或淡青、或苍烟的色彩，与盘挂在有着龟壳状纹路的岩壁上的松科植物相辉映，而峰脚像浇了墨一样呈深黛色。

　　说来也有些怪，夜真的比别处来得快些，像曝光过度的黑白底片，只眨眼工夫，四面便暗了下来。不知何时，月亮出来值夜班，守护着天地留下的这份遗产。月光洒在我的身上，很古典的，像是唐诗宋词里反复吟诵的那种，让人嗅到一丝丝清香。

　　夜的寂静超出了我的想象。各种昆虫鸣叫声声入耳，一片叶子落下来也掷地有声。在这寂静的夜晚营造的氛围里，感觉不到独自闲逛的落寞、孤寂。月色掺和着酒店里的几点灯光，把我的身影斜斜地拉长，叠映在幽深的丛林中，被榛、椴、荆、楸收留着。时而有鸟掠过，鸟语平平仄仄，操着清脆的方言，接二连

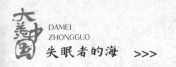
三，不知是朗诵谁的诗句。要么是在提醒我，弯弯的月亮已经上了中天。而此时的我，却一点睡意也没有，任月色一遍又一遍梳理我的心绪。

走累了，蹲在潭边小憩，弄弄小石子，撩逗潭中追逐细细波光的小鱼儿。掬着透凉的溪水，它会是哪条河流的源头？澧水？洞庭湖？这源头之水从我的手心一滴滴漏出，猜想人与自然和睦相处的过程，必定存在某种生命哲学的关系。

夜深了，谁在扯我的衣服，我感觉。

是风，一次又一次关切地催促我。酒店的那盏灯，仍亮着温馨之光。

　……

枕着山的呼吸声，不知不觉晨曦也融进了梦乡。醒来，一种很有韵律的声音，疑是杏花雨点，在敲着门窗。我翻身下来开窗拉帘，正要埋怨天公不作美，阳光与我撞个满怀，原来是后山的溪水一夜未眠。

面对大自然，那些曾被人津津乐道的世俗观念，此刻显得多么苍白、多么渺小。

雨落韶山

　　雨是在我们乘索道上韶峰时落下来的。整个上午，风起云涌。我还天真地以为韶山的天空永远是晴朗的，怎么会下起雨来。先是几滴，滴滴晶莹剔透。圆圆的雨粒，坠入山腰松柏的枝叶上，映山红的花瓣上，不见了。仿佛只有一种声音在耳边或隐或现。伸手去接、去捧，还是雨滴。那声音游离于手掌之外，听觉之内。当这种感觉强烈的时候，雨就大了起来。那声音由远至近，仿佛呈合围之势。在韶峰的空中，我分明听见那雨声像是在敲打着目光够得着和够不着的大片郁郁森林。有了风的伴奏，这场大雨也就变成了白茫茫的森林了。疑是韶山的"韶"字，从音从召，与这种奇妙的雨声有着某种默契或关联。让我百思不得其

解的是，这个时候，天与地已经浑然一体，你就压根儿也听不见雨声了。听得见的只有自己心跳的节奏。

或许，这就是一种大音，受上苍的感召，来到这个人间。

雨落韶山，我仿佛看到了一百多年前的那一个风雨天，韶山冲的上屋场，诞生了一个不同凡响的婴儿，他的那声啼哭石破天惊。他的父亲，按照乡俗给他取了个乳名：石三伢子。祈祷他能有石头的体魄和生命力。石三伢子的娘，抱了他拜了眼前的韶峰为干娘，希望能得到神灵的庇护和保佑。

韶峰真的通神吗？我不敢说。

中国人有个习惯，或许西方国家的人也有这个习惯，对于一个伟人的尊拜，喜欢探源追踪，包括家世、故居、风水、地理等，无一不烙上了某种神性的东西。似乎韶山就是这么一块风水宝地，出龙的地方。多少年来，这条通向世人朝拜的山路从来没有寂寞过。上至国家元首、达官贵人，下至平头布衣，大家都想沾一点灵气什么的。我只不过是这条山路上一粒不起眼的游尘，没有太多的奢望，来走一走、看一看便心满意足了。说实话，拥有政治、思想、军事等诸多才能的大家毛泽东，让我喜欢更多的是诗人毛泽东。他的激扬文字，大气、狂放，无人能及。还有平民的毛泽东，那种亲切、和蔼、慈祥，让我找到真切的感觉。

雨落韶山，我心有了一种久违的宁静，有了一种前所未有的轻松与舒坦。因了这场空明的大雨，我甚至有了出尘之想。但我清醒地知道，这种思想之后，还得回到喧嚣的红尘之中，忙忙碌碌地生活着。这也是红尘人无可奈何的事。

这次韶山行，我是生平第一次。从小受毛泽东思想沐浴，韶山早就成了我心中的一块圣地。从向往到实现梦想，我花了整整三十年。记忆中的小学三年级那年，学校鼓励我们读书争优，决定每个年级的前五名由学校组织去参观。我一使劲，由班里的中游成绩，到期末跃为全年级第二名，可以去韶山了。我从村子上屋蹿到下屋，一路狂呼，生怕村里还有谁不知道。然而，我却没有去成。原因很简单，家庭出身不好。被迫落下的我，只好泪眼汪汪地目送大家出发，为了该死的出身，我记恨了父亲好些年。打那以后，出身成了我的一块沉重的心病，韶山成了心窝窝里的另一种痛。

那是怎样的一种情怀？

这次到韶山，我从容、平静了许多，还特意把我的女儿带上了。她现在正是我当年的这个年龄。可以说他们这一代人对伟人知之甚少。当我们这个团队在毛泽东铜像前冒雨高唱《东方红》

时，女儿和其他几个同龄小朋友站在一旁窃笑，表示不可理解。后来女儿还问我："爸，怎么你们大人都会唱这首歌？"我的女儿不会唱这首歌，许多的革命歌曲她都不会。她会许多的流行歌，甚至还有花鼓戏、黄梅戏。我的孩子，我们这一代人，还有我们上一代人这种情结，一时又怎能给你解释得清楚呢？

一个时代造就一个时代的人或事物，我没有太多的理由责怪你，我的孩子。像韶山这样的山，其实在中国大地上何止千万，正如你说得太平常，你想回家，我说孩子，只因这个山冲里出了个毛泽东，这座并不起眼的山，也就非同寻常了。来韶山，它能让你记住一个伟人，记住一个时代，记住一段历史。于是，我给

了孩子一个《韶山行》的命题作文，急得她说不知从何写起。这一着急，倒让她在毛泽东故居看得十分认真、仔细。从房屋结构、走向，到墙壁图文解说，甚至墙角和天井苔藓，再到周围环境、晒谷坪、牛栏、莲塘、水田、花草树木，无一遗漏。

滴水洞是非去不可的。那里几乎浓缩了毛泽东的风雨人生。从滴水洞环绕一圈出来，雨还在下个不停。

女儿冷不丁地扯着我的衣袖，提出一个让人费解的问题：韶山出了一个毛泽东，便有了新中国。如果中国出了十个毛泽东，这个世界肯定都是中国的。

我哑然。

站在这场雨中，面对着暮色苍茫中的韶山，修篁垂映，渌渊镜净，我舒了长长的一口气。回家的路上，女儿倒在我的怀中睡着了，这一天她真的累了。

回头望了一眼韶山，雨洗过的天空格外清明、爽朗。我忽然觉悟，毛泽东几乎一辈子没有离开过水，从上屋场的莲塘，到滴水洞的水库，到汤汤湘江、浩浩长江，再到人民群众的汪洋之海，仿佛他一生都是以游泳的姿势出现的。那么，眼前这无边的雨水，不正是他的灵魂惠泽东方、滋润大地的真实写照吗？

巫山夜雨

　　雨是饱糅墨汁浇下来的，看不见来处，去所亦茫然，时骤时缓的雨，像一个狂草的书法家，诡秘而高深地把一个夜字写得浑然一体，让我摸不着边际。峡风咆哮，偌大的轮船漂成浪尖波峰的舞者，发出哀怨的轰鸣声。一道闪电划过，我看清了两岸黝黑的山体朝江心倾飞而至，吓得连退数步才醒过神来，那是巫峡的云，不可理喻地闯进了我的视野，偷袭我用意念固守的阵地。间或又有一团团浓云黑马群似的，不知从哪里腾起，纷沓而近，卷

起豪雨，没有章法，潦草而随意，峡风摇撼中，听见夜雨的脚步凌乱地踩着甲板，沉重而急促，仿佛踩得峡谷两岸的山体都摇晃不止。

已过夜半，轮船仍在吃力地溯江而上。

这一夜，于我，看来又是一个不眠之夜。雨不知疲倦地张狂夜的氛围，还透着丝丝入扣的凉意，一把把揪心，真是鬼雨，鬼得让人一边想远远地躲着，一边又主动敞怀迎上，亦如恋爱中的女子，时常做出让人难以捉摸的举动。我搜肠刮肚也找不出一个贴切的词汇，临摹或描写这般奇妙的夜雨，才知书到用时方恨少，情往深处且无奈。

词穷之际，前面隐约闪着多盏萤火的灯光，疑是郑智化的星星点灯，且越来越多，越来越亮，原来，轮船驶进了巫山县城这个川东门户。高处的灯光照映着不夜的山城，江面的灯光亮在巫峡西口与大宁河交汇处，标示着这里是往来集散的港湾。今夜，许多轮船都将先后泊在这里，等候明晨换小船游大宁河小三峡。

轮船停泊江中，北岸的巫山为我们守夜。满船的游客沉浸在

睡梦中，不知今夕是何年，这些客宿江上的异乡人，巫山那朵雨做的云可入你的香梦？

我是被巫山夜雨拽住了衣袖，而彻夜难眠的。一千四百多年前的那个唐朝诗人，是否还被风雨困在这小小的巫山县城？莫非迷上了瑶姬而不识归途？他那贤淑的妻子王氏岂不要断肠长安。感觉这巫风鬼雨已经穿过几个时代，硬是把一句"君问归期未有期，巴山夜雨涨秋池"的诗句，湿漉漉地掷在我的眼前。我说李商隐呀，掏心窝里透底，我的羁旅怎么也没有你的那份愁苦和无奈。如果可能的话，我情愿一辈子寄情山水不归巢，哪怕山高路险，波涛汹涌，怎及凡尘风平浪静之中暗藏的杀机呢？

先前的时候，一位少女吵着要回家，我还以为是李诗人撩起了她离家的酸楚，还想去安慰几句。谁知，她是被船舱里蹿出的一只老鼠吓的，才发现这种娇气抑或是矫作的情形，离李商隐太

遥远了，遥远得让人意想不到。只怪自己沉湎得太深。

想不到的还有刚才奢侈的大雨，竟收住了铺张的势头，转瞬变幻成雾状的千佛手，柔软地飘飞曼舞，那纤细轻巧的味道，让人一时难以捉摸巫山夜雨的性情属于哪一种。

风，戛然而止，夜便肃静下来。只有江面的涛声依旧，显出曾经沧海的久远。一道微微的天光，勾勒出一溜黑黝黝的、参差嵯峨的山之剪影，亦如旧时百看不厌的皮影戏。这时，那被巫山雨洗过的夜空愈渐清朗，天幕也露出些许淡淡的白色。依稀觉得

船舱里有细细的脚步声，间或还传来人的轻笑和悄语，不断地渲染夜的神秘和美好。便有流云一团团、一簇簇掠过。眨眼之间，四周清朗朗的。

"哦嗬……"

"哦嗬……"

岸边有人在放声吆喝，亢奋地拖出长长的尾声，缠在船舱上还有些许音符溅起。轮船开始骚动，长江便跟着醒了，是被早起的人喊醒的。船上便有回应声此起彼伏。

沱江之水

　　一条晶莹剔透的沱江水，极像天堂飘落的绢绢长袖，裹蓝天、白云，揽清风、明月。轻舞长袖，便把古城凤凰一分为二地捧过头顶，就像捧着两瓣并蒂的睡莲那般悠然。同时，又像慈祥的母亲一样哺乳着古城。

　　除了沱江，还有谁能托起积淀深厚的古城?

　　沱江滋润的古城根须发达，每一条大街或小巷都是古城的血脉，茂盛地生长着。有人为此着迷，便再也走不出古城。无论如何谨慎，还是不小心碰触了古城那个梦的神经。只见古城懒懒地换了一个睡姿，又临江仰卧。秀发垂下来，吊进江边，日久便长

成了一栋栋古香古色的吊脚楼。便惊魂失措地喊了一声："美得一塌糊涂。"

古城隐若听见，显得莫名其妙。就像沈从文笔下的翠翠一样，羞涩中又充满了疑惑，疑惑中又滋生好奇。便悄悄地低眉照了一回江中的镜子，再回首望了昨天一眼，还是先前的那般模样，便不以为意，照例以自己的方式生存着。只是从此以后，古城凤凰人心中开始有什么在隐隐地骚动。

憨厚、纯朴的古城不知道。

风姿卓然的古城更不知道什么是惊世骇俗。

最初发现这个秘密的人，传说只对风悄悄说过。说过之后，风便情不自禁地传遍天下。

仿佛是梦开始的地方。

一夜之间，一拨又一拨的旅人风尘仆仆地赶来，像赴同一个约会那么心急火燎。这个被称作边城的地方，就这么立在都市的另一端，立在梦的深渊，模糊又清晰。让人心智进入一种莫名的、不知所措的情感状态，而成为一种无法抗拒的精神领地。像跋涉了长长的一段路程之后的栖身之所，能在这里安然地梳理羽翼；像在繁华的尽处，在思念与泪水交织之处，在疲惫与困顿挣扎之处，那盏亮在黑暗深处的暖光；像坠入梦中的那个憩园、泊地，能让枯藤长出青枝绿叶的那种植物，给灵魂以最充盈的慰藉和抚摸。

这也许是现代人迷恋古城的理由。

从此，一种远久的宁静被寻梦者惊醒。古城凤凰人开始习惯陌生的眼光，习惯这种突如其来的热闹，适应另一种生存状态。在这种得失之间，凤凰人内心深处，抱什么样的心态来面对？

　　说来都是风惹的祸，但又怪不上风的过错。因为，凤凰人更向往明天。这些年，我潜移默化地爱上了古城凤凰，并对沱江情有独钟。沱江是古城的灵魂，是浸透史书的典籍，是上苍眷爱人类的精神宫殿，也是我们祖祖辈辈实实在在的生活空间，与我梦中的境地不谋而合。无论我以什么方式进入，都是一种亲切的感觉。就像花开有人倾听，香梦有人解析一样意味深长，又不仅仅只是意味。人内心的感受有时还真难以用言语来表达。连一片瓦楞、一角飞檐、一粒石子、一条小巷、一座塔庙、一处招幌，甚至连一根小草，一尾小鱼都活灵活现，撞弯你高挑的视线，继而又绷直你的眼光，像渔夫向水中抛下的钓线一样，一个劲儿往下沉，往下沉……兴许，身不由己，又心甘情愿。这个时候的解读方式应具备起码的睿智和耐性，切忌心烦意乱。这里的时光流得缓慢，有时甚至是静止的。

如果以都市的节奏进入古城，必然踩疼那根历史的神经，而与古城格格不入，以至摸不到门道而自觉迷茫、乏味。

这一切对古城本身来说，来龙也好，去脉也罢，也无关紧要，更不会站起来昭示或张扬。被遗忘千百年，时光早已掏空了它本能的欲望，内心练达了那种平和与宁静。就像那些幸存下来的古井一样，波澜不惊。又像一位饱经世态炎凉的老者，即使心中装满了一肚子历史，却缄口不语。而知情的历史，又守口如瓶。就连那块生息的土地，也把沉默的语言藏在心底，不发出丁点儿声音来。

仿如一帘幽梦。

便以距离空间与想象构造，沿着沱江，一寸一寸地深入梦的腹地。垂烟三尺三的杨柳倚在江边，这是那

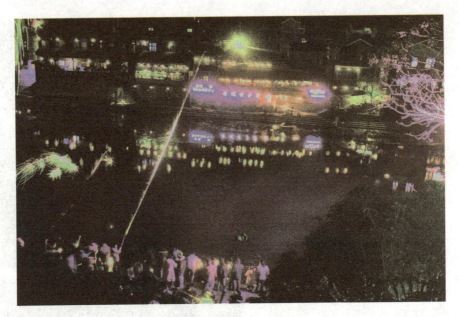

位水手系缆绳泊岸买酒的地方。而今，酒歌远去，渔歌远去，水手的背影留在人间烟火中，丰富你的想象。青石的码头仍蹲在亦水亦草的岸边，等待一个漫长的过程，姿容与楼、塔的倒影贴着江水，能否捞起那段湿淋淋的往事，只有一成不变的水车吱呀吱呀地唱着一首老歌。水草摇曳的江中画舫，现代游人顺流漂船，些许好奇交给了优哉游哉的橹声，回放那段段死去活来的爱情故事，也有血雨腥风的历史场景，感悟一个时代的悲欢离合，还有一些演绎不完的无奈。

这一切似乎都是一种宿命。

我想：沱江兴许承载了太多的宿命，早已不堪重负了，再也不像先前承载粗犷、奔放的水手一样激情澎湃。

沱江确实累了，从某种意义上说，历史使命已经完成。而今，作为一种文化标本，沱江还要敞开胸怀，以固定的姿势展览。沱江有话要说，沱江什么也不说。

一个村庄的气场

一

多少次，去张谷英村，来去匆匆。

去多了，我甚至对去的意志产生了动摇。再也不去了吧，心里又惆怅得厉害。有点像什么隐秘之物于无声处潜入，游离在我心窝周遭，时不时地抓挠你一下，痒痒的。一直以来，我就想不明白，为什么去过之后，我心里又空落得很。

像冬天摇曳在树枝上的一片叶子，又不曾坠落。

显得既茫然，又孤寂。

多少年来，对于这个坐落在湘北渭洞盆地的古村落，我就没有一次踏踏实实地走进去，几乎都是蜻蜓点水地过了一下，又悄无声息地离开了这个明清大屋场，生怕被什么拽住似的。

有次还差点莫名地跌倒在古村的深巷里。

我甚至说不出这种繁杂的心理到底纠结了一种什么情感物质，让人理不出一个头绪来。有时觉得六百多年的老屋处处呼啸着鞭影，在我的背后凉浸浸地飞来，感觉连阳光都是阴森森的。还疑惑自己遇见了巫风鬼魅，真的不知我是被吸纳进去的，还是

被驱赶出来的。

我与村庄之间,隐约像个磁场的两极,不知村庄排斥我,还是我排斥村庄,抑或是两者都存在。我陷入两难境地,进亦忧,退亦忧。出得村庄,我像个海洋的夜航者,而这个蹲在山坳的古村,会像水中的礁石垒成的岛屿,在我心绪落潮的时候,又突然冒了出来,横亘眼前,连喘气声都那么真切。

我一次次说服自己,看看,再去看看。

或许它的存在,与我有某种隐秘的关联?

二

2010 年 10 月 6 日，我陪著名先锋作家刘恪教授、诗人王维大校等朋友再次前往。我开始渐渐相信宿命论。仿佛我上辈子欠了古村什么似的，要我今生来偿还。虽说我也姓张，而此张非彼张，没有半点鸿爪印迹。我梳理过我家族的来龙去脉，才如此肯定的。难道是我内心隐秘处某种生理需要一样，饥渴着一种神秘物质的填充。如果成立的话，我想每一个人在劳顿之后，心中就有一个安慰疲惫身躯的古村，这时候恰如其分地冒出来，拨动着人被世俗纷扰而浮躁的心弦。我把这种感觉归纳为人与生俱来的怀乡情结作祟。就像每一个人心中有个江南梦一样，人往往会对柔软的、静谧的、美好的情愫予以向往与追求。

在我们湘北，以一个人命名的村庄并不多见。

张谷英究竟是一个怎样的传奇人物？

我曾在我另一篇散文《一段无法睡去的章节》里有所表达，无论是官方的，还是民间的，信息资料都惊人地一致，那就是他做过明朝指挥使，相当于现在的省军区司令员的级别。至于他为什么要隐匿在这个山重水复的地方，至今也没有人真正破译出缘由。甚至连他们的族谱也没有准确记载，所谓厌倦官场也好，躲避仇家追杀也好，那些都只是后人的猜测。

猜测往往给人笼上更神秘的色彩。

中国历史自古就是帝王家的家史，被图解的事情屡见不鲜。又何况一个村庄史，即使被粉饰、被美化，也就不足为奇了。

　　再一次来到张谷英村，在我没有任何思想准备的情况下，感觉村庄莫名其妙地接纳了我。这天，我看见这里的每一栋老屋，俨然就是一位阅尽人间苍茫的仙风道骨的老人，又似一位洞穿了世事兴衰和命运沉浮的哲人，优雅而郑重，从容且深沉。以前的每一次都没有感觉出来。

　　我变得亲切，且亲近。

　　我俨然成了村庄的主人，向远道而来的客人们说起了古村的民俗信仰，生活情趣，宗教观念，以及生命意识等话题，如数家珍。

三

　　游历张谷英村，有许多游客，甚至包括一些建筑专家，对这个村落的下水道构造饶有兴趣，这无疑是一个谜团，困惑了许多人。因为无论多大的雨水，村庄都利利索索，从来都不曾漫溢出来，又到底流到什么地方去了？

　　有一次，我与几位民俗专家雨游张谷英村。

　　雨水是突然落下来的，风雨际会，雨大得像浇下来似的，生出迷漫的雨雾，我们几个被困在一个大院里，索性停顿下来，东家搬出椅子让我们落座，我干脆坐在天井边，看雨水沿四方屋檐瓦槽坠落，那画面疑是四帘瀑布，我的耳朵接住的除了潺潺的雨水声，还是雨水的声音。其他的声音压根儿被淹没被忽略。以至东家端着茶喊我喝，连喊了几声，我完全沉浸在这种天籁之音里，失了礼仪。

　　我的目光落在天井里，只见天井里并没有积水。

雨水遁隐了。

雨水都到哪里去了呢?

偌大的村落仅一条绕村循环的渭溪河。与其说是河,那么逼仄的一两米宽,再宽不过三四米吧,还不如说是小小的沟壑,何来如此大的消化功能?即使地下有强大的水网系统,从来也没有人来疏浚过,按理也会存在堵塞或塌陷什么的,靠的什么来保障天晴不遭旱,落雨不积涝呢?

这天晚上我就在村子里过夜的。

我做了一个奇怪的梦:我梦见六百年前的张谷英弃武隐匿在这个风水宝地。若干年后,年迈的张氏又喜得贵子,乐得大摆宴席,恰逢天降大雨,水从天井灌下来,漫上了台阶,眼看房屋就要被淹,张氏疑惑得罪了天神,慌忙祷告苍天。只见几只金龟从天而降,不多久,水就消退得无影无踪。

信不信由你们,特别是今天的张氏后代,如果你们想发横

财，不妨拆了几栋老房子，挖开几条地下水道，兴许真的找得到千年龟神，它们自从打入地下之后，就没有休止地为村庄疏浚下水道，就再也没见过天日了。

如果想小富即安，就好好保护祖上的传承，神龟为你们祈福。

后人不厌其烦地赞美张谷英村占据了一个风水宝地，还有人说张老先人本身就是一个风水先生。我对堪舆文化没有研究，不能为其佐证。人们对风水的讲究，从选址、定位、规划和布局上精心安排，一定程度上体现了天道与人道、自然与人为的关系，和中国人的"天人合一"的价值观、审美观相吻合。要知道，古村并非一开始就有如此宏大的规模，而是数百年渐趋演绎过来的。才有今天黑黝黝的一大片，形成完全的村落，却又能与自然协调相融而不是抵抗，我不得不对先人的前瞻性心悦诚服，却不能对堪舆学的东西表示完全意义上的认同，但我还不至于对风水强烈反感。因为还有许多民间智慧的东西不被我们认识，尽管有的甚至是从科学上无法解释的东西，我也只能容以后有了兴趣去慢慢觉悟。

四

也许，安居乐业，人丁兴旺，才是张谷英当初最现实、最纯朴的期望。

已经开始骚动不安的古村，成了我心中最大的忧虑。

固守贫穷落后不是人类的进步，而一旦介入了进步的东西，又不加以节制，结局是可想而知的。处理好保持与发展两者的关系，无疑需要更多的理性与睿智。

我以一个诗人的身份走进来，总是带着美好的愿望，以及诗歌的想象力，我想驾驭时光的羽翼，穿梭到那个久远的年代，寻觅心灵对村庄的慰藉，抑或是古村对心灵的洗涤。

我知道，想象力往往是人们置身生存苦难之中的精神支柱。

它给人的心灵带来了莫大的慰藉。

人们用自己的想象来抚慰自己。

从人和自然的关系来说，人的想象力也是人们调解与大自然冲突的一种方式。这是一种智慧的方式，它以凶兽狰狞的面目来威吓来自大自然的一切凶险和灾难，它以吉兽、灵兽祥和的表情，来召唤蕴含于天地山水间的祥瑞之气。

我曾多次身临其境地感受到他们在重要节日的祈祷气氛，这也是他们的民俗活动的重要仪式，譬如玩龙舞狮，搭台唱土戏等，无一不烙下先祖遗训的印痕。

有一个观点说：岳阳楼是中国湖湘文化的瑰宝，而张谷英村就是民间历史博物馆，单就两者的文化价值，我是持赞同意见的。

前些年，市里一个文物贩子来到了张谷英村，看中了某村民家的猫，大夸猫长得如何漂亮，随后便向主人提出高价买去作宠物养，主人乐得合不上嘴，贩子抱起猫临出门时背过身来，对主人说：我等下要给猫喂食怎么办？主人忙从地上捡起一只碗，这是猫碗，拿去吧！贩子接过猫碗，很快就离开了村子。

后来经专家鉴定，这只猫碗是一只明代宫廷玉碗，纯白玉，有隐形花纹，质地不言而喻。当然这故事是我道听途说的，不一定是真实的。而张谷英村的人纯朴是没的说的。

尽管这里开发成了旅游点，在这里吃农家饭，尝土菜，又便宜，又实惠。

我无意为他们打广告，能让我的朋友们吃得高兴，我就已经心满意足了。

这里的村民各家各户把自家种的菜，腌制成干菜出售，花色品种，千奇百怪。还有香干、腐乳，成为一绝，反正是自己种的，做的，没有谁卖高价。我替朋友提着大包小包，是不是中午贪了醇香的谷酒，多喝了几杯，我走起路来飘飘然，找不到来路，竟然在一个屋檐下站了许久，才醒过神来。

进大堂，见一木梯子通楼阁，谁家女子的楼阁，人去楼空？

楼梯靠墙能搬得动的。我试着轻轻爬上去，踩着时间的灰尘，上了狭窄的过道，竟不敢触摸过道褪了朱红的栏杆，一定有过几代妙龄少女曾无数次倚靠，那楼梯应是被老父亲或老母亲搬开了吧？关在阁楼的女子不然怎么会在栏杆上留下明显的搓揉痕迹。那阳光永远只照在天井里，想象她连吃饭也是由人送上来的，转瞬又拆开了梯子。阁楼里的少女的春梦，还不及天井下的一只石蛙，自由的空间还要小不少。而眼前为我们端茶水的老婆婆，当年是不是就住在上边的阁楼上？或者说，阁楼上住着她的娘，抑或是娘的娘。主人没有告诉我，一个村庄之所以令人流连，一定有它鲜为人知的地方，那是村庄内心的秘密，只有神灵知道，又不泄露天机。

我不禁思考着这么一个问题：长期以来，我们为什么视这地方较严重的重男轻女为封建迷信思想？随着时代发展和人类进步，这种思想自然逃脱不了被摒弃的历史命运。少女们不再关在小小的阁楼里，而是和男人们一道进进出出了。但这些只是表象，还有许多不能同日而语的，的确还是传统思想观念在起着潜移默化的作用。这种思想之所以像草木庄稼一样，在广阔的乡间生生不息，是因为它有着非常厚实的历史土壤。它的厚实，能让人联想到苍茫的天穹之下，渺小的人所承载的巨大的苦难。所以我们不能狭隘简单地看作封建思想，其实它也映照着人类在与天灾人祸、与疾病抗争的艰辛历程。体现了人类在大自然中生存繁衍的生命意识，是人类面对种种苦难时对自身力量的真切呼唤。

五

人不交流和沟通就会孤独，村庄也一样，渴望与天地沟通，与自然协调，与山水、动物、植物进行对话和交流。

我渴望与村庄敞开心扉地深入长谈。

我知道，这些年来我做得很不够，仅在一个风雨夜回家受阻才住了一夜，古村于我还是陌生的，有隔膜的，甚至还有一段相当远的距离。

早些年，有家旅游出版社约我写一本关于张谷英村的导游书，被我婉言谢绝了。

其实，写作不是为了出书，何况我很讨厌导游书，缺乏想象力，纯粹的游踪，枯燥乏味。我们许多的写作者竟然乐此不疲，写出来的游记成了导游口中熟稔的导游词。我没有深刻体验和独到感受一般是不会轻易写的。对于张谷英村，我没有像砖石木头一样执拗地融化在村庄里，万般缱绻地偎依山水，以迎合的姿

态，顺应、吸纳村庄，像阳光雨水一样从不厌倦。要知道村庄已经从自然中获得了血肉、体温和脉搏，而我是想从中获得思想、灵魂和生命。

是的，古村是生命的灵魂。

通过飞翘的屋檐，我们感受到它负载着宗族繁衍，人丁兴旺的梦想，飞越时间，在天地之间翱翔的情形，也吻合国人的天人合一的道家思想。我们尽可以把铺展在这里的大屋场群落，想象为宗族铺展在大地上的一个个美好的心愿，通过屋宇把添丁的喜讯或渴望告知天地，告知山川田野。那些挤挤挨挨的屋宇是仰望着上天嗷嗷待哺的一群婴儿。我这样比喻，好像人们有乞求上天垂怜的意思，不可否认的是，当密密匝匝的屋宇匍匐在大地上，或瑟缩在群山的怀抱里时，我的确由这卑躬的、虔诚的形状，体悟到了人们对天地、对自然的敬畏和膜拜之意。

我知道，真正的霞客们览古村，无非是从这里的建筑中，倾听它们述说旧时光里发生的故事，寻觅其中饱含沧桑感的历史场景。在客人面前，似乎这里所有的建筑物都有话要说，仿佛它们的上上下下、里里外外充满了欲望的嘴唇渴望表达。从祠堂到住房，从建筑构造到空间陈设，从屋脊到柱基，从门楼到床花，满目皆是它的祷告、它的絮叨、它的顾盼，喋喋不休的，喜形于色的，语重心长的。这些大量出现的形象诡异怪诞的神兽，夸张而神秘，从而显得狰狞恐怖。这些古朴怪异的形象特征源自神话传说，却委实反映了人们对超自然力量的笃守和期盼。我想这些神秘的自然现象往往又是无解的，人们借助神秘威严的形象驱除一切逼近村庄的邪祟。

我不去纠结现代文明对古村到底意味着什么。

但古村对现代文明无疑是充满好奇，也充满恐怖的。

因为真正侵蚀和破坏它们的正是所谓的现代文明。就像一个国家和另一个国家之间，有时你是无法分清谁是朋友，谁是敌人的。

现代社会里，人亦如此。

所以，流连张谷英村，眺望那弯曲的来路，我忽然觉得古村似一位落尽铅华的白头宫女，青春不再，风流不再，所有的记忆被收藏起来。尚存的老屋就是她们的妆奁，其中老屋上的雕饰就是她们的玉镯银簪。由这些环佩首饰，我们尽可以想象她们当年的风姿、当年的心思、当年的顾盼。

如今，步入村落的深巷，如同走进她们深深的褶皱，深深的感伤里。

仰望梁上空空的燕巢，檐下空空的眼神，恍惚之间，我会觉得人与燕都是寄人篱下的匆匆过客，从而忽略了老屋用于安居的物质意义，忽略了老屋的空间功能，而强调建筑艺术的精美，极端认为它的存在就是为了炫耀于世人，教化于族人，就是告慰先祖张谷英，面向恒久的表达，我恐怕又犯了形而上的错误。

因为古村的建筑艺术，其实也是最重要的语言形式的另类表达，这里面包含了钙质的艺术语言，尽管它们只是砖、石、木头等材料，却委实道出了建筑的思维情绪，那神色、那欢喜、那祷告，以及惶惑，无疑牵引了我的目光以及思想，去捕捉绕梁的余音，思考人类生存的智慧，通过建筑艺术来与先人作一次交流和对话。而古人所有的情感都倾注在这些建筑上了。建筑以线条组词，用形象造句，用贯通古今的表现手法，给人描画出历史的精神气韵。同时，又超然于历史，不屑于陈述和再现具体的历史事实，甚至连时代背景也隐匿得需要专家来考证，这种表达既是生动的，又是神秘的，恰恰给予我们对历史的巨大想象空间。

也许，这里面还有许多我未知的东西。

也许，正是浸染在村庄血脉里的神秘物质，它们秘而不宣。

六

如果说：先前我没有真正走入古村，是我太掉以轻心，以至目光短浅，始终停留在村庄的表象并被迷惑，我无疑是茫然的。那时候，我往往更相信虚无的神话，而怀疑自己的眼睛，成了神秘物质进入心灵的屏障。

这次我找到了隐匿于时光深处的入口，就像进入了时光隧道，我仿佛看到了先前的人类，活灵活现地出现在我的想象空间里。我似乎受到一个神秘的意志吸引，就像地球围绕太阳转，我不由自主地落入谜屋的气场里，不能自拔。

喊月亮

一

火球一样的落日，在我们抵达相思湖之际，"砰"的一声，掉到湖水里了，溅起斑驳的霞光。这时候，我贪婪的目光，如游条子鱼一样追逐波光，却连一片波光的倒影也没有捞起。这让我的身子骨痒痒的，想下水——多年没有游泳了。这些年，我们湖区环境污染比较厉害，到哪里游也不踏实，也就难得产生游的欲望。面对如此清冽透澈的湖水，我的内心早就跃跃欲试了，不需要找下湖捞落日的借口，我还没这么黑色幽默过。而那个捞月亮

的诗人，早就淹没在唐朝的那轮古典月光里，令今人不免生出几分惋惜。

选了一个小岛为下水点。这里人迹罕至，孟浪一点儿也不会有人看见。萌生这个意念时，似乎早被月亮识破，竟然已有几分羞涩，迟迟不肯出来。几个爷们儿会意，准定以裸泳的方式，放肆一回，给暮年留一份记忆的馈赠。

二

我还是儿时在汨罗江裸泳过，那种天真活泼、无拘无束，至今还铭刻于心。而要以这种方式重温童年的简单与快乐，起初大家显得有些难为情，你望着我，我望着你，一个个只知道傻笑，好像还过不了多年用文明伪装起来的壁垒。我是第一个，又是相思湖管理所邀来的主宾，理所当然成了他们眼中的半个东道主，被他们半推半就地下水了。人一旦解除了世俗的武装，跨过了这一步，就很快超越了自己。大家见我直喊过瘾，也就纷纷卸下了衣衫，依次跳下了水。这一跳，与人类的进步或退步都无关了。反正，我有了一种前所未有的轻松。水面几根赤条，如几片泡在水中的茶叶很快舒展开来。只有来自内蒙古的东海兄还缩在岸边，似乎感到某种恐惧，又不像是恐惧，分明还夹带着几分兴奋。这种表情，我也无法用言语准确表达。我们几个就催他快下来，他就有些结巴了：

"下、下不来！"

"怎么会呢？"

"下来，我、我东、东海就是、死海了……"

原来这家伙是个旱鸭子，这完全出乎我的意料。管理所的朋友连忙送来了救生圈，东海还是不敢下水。偏偏他在来之前叫得最凶，谁也不会怀疑他不会游泳。现在说最乐意欣赏我们的优游，以此掩饰他内心对水的害怕。其实，这会儿看我们裸泳的不只东海一个人，还有那满天的星星，好奇地眨着眼睛，一闪一闪的。而月亮诡异地躲藏着，还不曾出来。在湖水里泡了半个多小时的光景，陶哥忍不住爬上岸，赤身裸体站在山包上打电话，把裸泳的事向老婆通报。东海去偷听，陶哥的老婆笑得咯咯的喘不过气来，说这帮老大不小的男人不怕丑哩！她还说，我们也不叫她来凑个热闹。说她明天借个高音喇叭，向全市人民喊话，广而告之。把其余的几个人乐得纷纷爬上岸，向各自的老婆打电话，说看看都是些什么反应。廖哥的老婆是大学副教授，说立马开车前来观摩，我们就已经笑得前仰后翻了……

三

这些年来，我们在城里为生计忙碌。平日好朋友之间相聚的机会也不是很多，像如此孟浪连想也没想过。沉浸在相思湖夏夜

凉爽的湖水里，我心忽然有些酸楚。为避免这种莫名的情绪，就突然站在山尖上：喊月亮！他们几个也跟着我喊，喊声在山中回荡，在水面飘荡，像瓦片打出的水漂一样闪动着，这是我儿时玩的把戏：

　　"喂——

　　月——亮——巴——巴，

　　快——出——来——哟——"

四

　　相思湖藏在岳阳县公田乡（现公田镇）的群山之中，鲜为外人知道。可我们市区几十万人的生活用水，全部来源于此。水质达到国家一类标准，喝过相思湖水的外地人，都说这个城市的人太有福气了。相思湖不是天然湖，而是一个大型人工蓄水湖，是毛致用当年在岳阳任县委书记时倡导修建的。大坝上的"铁山水库"四个大字还是他亲自题写的。当初，水库主要用来农田灌溉和周围城镇生活用水。毛致用退休之后，一直还隐居在这青山绿水之中。

　　以前这个水库不叫相思湖，叫铁山水库，一个土气又生硬的名字。在我的词典里，铁，是坚定或坚硬的意思，比如两个人关系好，就叫"铁哥们"，好成"一坨铁"等，至于铁山的名字由来是否包含这些意思，或还有其他别的由来，我不得而知。后来，这里有一座叫相思的山搞旅游开发，而山下的铁山水库就被当地人叫作相思湖了。湖因山而名，也在情理之中。我个人觉得相思湖也不免有点俗气，可景致不仅不俗气，还是大美之境地。

每一座山都是一个岛，岛浮在湖中，湖落在岛中。岛屿之间，必须坐船才能过去。早些年，我花了几个月的时间，为相思湖拍摄了一个电视风光片，片名就叫《尘外有梦相思湖》，在市台滚动播放，相思湖的名字才正式传播开来。

这次是故地重游，太阳落山许久了，也不见月亮出来见我。其实，我也知道，月亮要爬上那个高高的山冈，才能照见相思湖。那次，我在这里拍风光片，还在这里住过一段时间，也曾见过月迷相思湖的情景：那月光奢华的挥洒，明晃晃的银白，人可以在月光下读书。月亮还没有升上来之前，湖水是幽邃的，加之山的倒影叠在湖水里，更加鬼魅。要知道，今夜，我们选择的这个山包四周都竖立着好些墓碑，原来还是一座坟山。来的时候，我们虽然看见了，尽管那时的太阳落下了西山，可天光还是那么通透，并没有鬼魅出没。我们甚至把衣袋就挂在墓碑上，让这些作古之人为我们看守，一点也没有感到害怕。而这个时候就不一样了，心里不知怎么，就开始有一点点

发毛。东海早就吓得跑到宾馆里去了，不敢出来。廖哥是天津人，也是我们中间胆子最大的，他显得稳重且若无其事。还说，要让我陪他夜钓相思湖，我说：一坨铁！

其实，我心里也在暗暗打鼓，七上八下的，乱得没有章法了。

这时候，我心生一计：喊月亮！

这一喊，真灵！我的心随后就踏实了许多。刚才那虚脱之感随着这一声声的喊叫，得到了安抚和宽慰。这一喊，廖哥还以为我的诗人浪漫情怀上来了呢。我掩饰自己这份虚伪与胆怯，并反复告诉自己要淡定、淡定、再淡定，等月亮出来就好了。

五

记得我五岁那年春天，父亲在外地教书，很难回家一次。母亲带着我和三岁的弟弟下地干活。母亲给棉花地锄草，我带着弟弟跟在她身后。那个年代，不像现在这样有幼儿园，也没有保姆可请的。一般孩子由爷爷奶奶来带，或者是大孩子带小孩子。我的爷爷奶奶过世早，连我也没见过面。所以，弟弟通常由我来带着。先前，我在家里带弟弟玩。一天，母亲说，村子里发现有人贩子出没，专偷小孩子，这才让我和弟弟跟着她下地。还说，太阳落山的时候就回家，我们兄弟俩就盼太阳快点落山。我们的肚子饿极了，便催促母亲快点回家。可那天，半下午天就阴了，我们看不到太阳，就只知道肚子饿，弟弟开始哭闹。

母亲说："再等一下，等把这块地的草锄完了，就回家！"

我问："那还要多久？"

母亲说："等到月亮出来吧！"

我就安慰弟弟："等一下，月亮马上要出来了！"

弟弟可怜巴巴地擦着鼻涕说："月亮还不出来，我们喊月亮出来好吧？"

我说："好！喊月亮出来！"

那时候，我并不知道阴天喊不出月亮来，可兄弟俩还是一个劲地喊：

"喂——

月——亮——巴——巴，

快——出——来——哟——！"

嗓子喊痛了，月亮还是不出来，我们已经无力再喊，弟弟倒伏在我的双腿上睡着了，眼角还挂着泪珠。母亲终于锄完了那块地过来抱起弟弟，并用衣袖擦干了弟弟的眼泪。天已经漆黑了，村子里的灯亮了好多，我跟在母亲身后，忍不住问母亲："月亮怎么还没出来，我们都要到家了？"母亲道歉："对不起，今晚没有月亮了。"她说，"我是哄你弟弟不要闹，让人心烦。"

六

这一幕，我至今记忆犹新。尽管过去了三十多年，弟弟的孩子都比我们俩当年大多了，但我们很少向晚辈诉说当年的苦难史，现在的孩子也不愿意听，还会振振有词："忆苦思甜啦，这种教育方式太落伍了。"我女儿而今读高中了，伶牙俐齿。还能

　　抛出她的观点，说什么"中国之所以还这么落后，就是传统陈腐思想观念太多了，没有创新精神，缺乏想象力，制约了发展步伐！"我似乎看到了他们这一代人，已经超越了我们这一代。至少能按照自己的思考方式，去选择她今后的人生道路。不像我们这代人常常不能按照自己的想法来实现人生目标，思虑太多、顾忌太多、循规蹈矩，最终还是忙忙碌碌一辈子，一事无成。

　　现在的人，越来越缺乏交流。我常常不知别人想些什么，我甚至连与弟弟的交流也越来越少了。本想喊他一起来放松一下，可他忙他的去了，即使闲了些，也和他的那个圈子里的人玩。这自然怨不了他，我不也是与我志同道合的人在一起吗？我也曾想过，苦难是人生的一笔财富，虽然我没有从中积累太多的经验，至少它让我满足了今天的快乐！

　　这时候，陶哥、廖哥在喊："月亮出来了！"

　　我这才从记忆的思绪中醒过神来，月亮朗朗地升上天空，洒了一湖的碎银，像我先前纷繁的思绪。月光下，他们几个开始夜钓，馒头大的夜光浮标，落在百米之外的湖水中，清晰得像只发光的湖鸟。真的出现一只调皮的白色鸟，站在浮标上捣乱，让人鞭长莫及，又不能拿什么去砸，那不是存心把鱼也赶跑吗？当然，钓鱼的乐趣，不在乎钓了多少鱼，而在于钓的过程之中的意趣。

　　这一夜，我们没有了睡意，守着身后的这块坟地，聊天，忆往事，谈人生和剩下的光阴，一夜未眠。我不知道，月下的相思湖为什么也会失眠？是偷听我们几个的隐私，还是在独立思考什么？而我们不再是陷落月光下的几团黑影子，而成了几片能说话的月光了。

147

水过三江口

有人说，宇宙是人的放大，人是微缩的宇宙。还有
人说，世界是意志的表象。那么，人与长江，是否都是
神秘的生命意志外化于大地的具象？

——题记

一

长江水与这座城市打了个照面，一如既往地从身边擦过，也
没有停顿片刻，就匆忙地往下游奔涌而去。虽然秋冬的长江不及
春夏丰腴，可长江水流经城陵矶，从来就没见消瘦过。或许是地
理位置的原因，这里是荆江、扬子江（长江）、湘江汇合的地方，
又称三江口，其水面宽阔，始终保持了这个体形。我会意自己的
模样，忍不住笑出声了。好在身边没有人，免得人家怀疑我神经
质，大脑系统有毛病才会无缘无故地痴笑。

人活着是很累的。虽然，我的工作只是一杯水，一张报，无
为，心却更累。为每天在我们身心中死去的一切东西提供一座坟
墓。每一个思索的时辰犹如一滴融入遗憾之水的有生命的泪水。

这些年来，时光从自然之中一滴滴落下来，时间给它活力的那世界是一种哭泣的忧郁。再有个性和自我在这个社会终究会被时间磨砺殆尽，人的言行举止受到周围环境影响或约束。何况多年的生活教训告诉我，一个小人物更要学习合群，融入这个既复杂又单调的生活环境里，没得选择。所谓复杂是指人事关系，如果你不懂得这个中奥妙，自然得罪了人还不知是怎么回事。我曾在这方面吃过不少的亏，被算计是平常事，仿佛机关就是"机关"，得处处小心谨慎。说不定这里头的某一个不起眼的人，冷不丁就是一个有来头的人，就是算计"机关"的人，你谁都得提防，得罪不起呵。所谓单调，往往是工作被动地接受着某些庸常琐碎的

事物，天天如此而已。你不可以按自己的想法创造性地去完成，那会落下个标新立异、爱出风头的话柄，吃不了，兜着走。尽管那些拍马屁的事我看见就肉麻、生厌，打死我不可能去迎合。尽管那是人家的生存法则，并且不少人乐此不疲，而我无可厚非，只能睁一只眼，闭一只眼。除此，我还能怎样呢？

成天活在不安的浮躁中，就像一个噩梦，心中总有挥之不去的阴影。

我无法透彻领悟人生的意义。逐波岁月的流水，我仿佛看清了落日下的黄昏，我的影子被拉得越来越长，被拽入深深的黑夜里。更阴暗的幽灵被更黑暗的阴影淹没。写作让我在黑夜里爱上了灯，是它留住了我。

有意无意地，我接受了长江水的邀请。

<h1 style="text-align:center">二</h1>

这个季节的长江边，北风是野的，也是凉的，那么多，且泛滥，像一群落荒的饿鬼抢劫我，直扑过来，我躲闪不及，也无处可躲。幻想如果可以降伏它，用它来发电，那自然不失为一桩美事，也省得它来与我纠结。虽说我是逃避出来的，前来放牧心灵，又不是来与之争地盘的，我并非触犯了大自然的所谓禁忌，它怎么能把我全身搜刮一通，这又不是遭遇出境检查官，仿佛那表情总是那么严肃、冷峻、无情地盘问我、质疑我、追逐我，还那么不讲道理，真的不可理喻。何况我已经是三江口的常客，春夏的时候还写了颂词赞美呢！今时不同往日，风不认我，我还是

那个我，笨拙的书生。也许，终究有一天，我会像落叶一样随风而舞，任由风吹到哪，就飞到哪。

此刻，我断然不是神秘的长江的某一个章节，甚至连标点也不是。只不过是一个为世俗所累的人。现代文明生活尽管有它的许多的优越性，但也不乏它的脆弱和单薄。在现代人为各种困境焦头烂额的时候，或许长江能够为我们提供一个支点、一个答案，甚至能够支撑起一种生活，解释出一种信念。起码，它会是一个永远值得倾吐的主题。

走近长江，我不敢相信眼睛，眼睛看见的不是真相，因为人的目光是短浅的、表面化的，忽然觉得我错怪了北风，因为我觉得在这个走向寒冷的季节，我的手畏缩不前了，不能像北风一样扒开事物或事情的真相给你看，倘若不是北风吹过来，我看见的长江水一定是平缓的，甚至我还会怀疑水的流速，以及水的力量。正是北风之手，像翻书页一样，卷起长江水的层层叠叠的波浪，而波浪的起伏何尝不是一本打开的书，而这本生命之书，不同的人读出不同的感受来。记得我曾写下一首《被冷水烫伤的人》的诗，抄录如下：

　　　　不识水性的我，被冷水烫伤

　　　　又用冷水疗伤

　　　　我是一个不可思议的人

　　　　背负核反应堆的能量，炸开了心窝的城堡

　　　　与生的味蕾突然失灵，如雷达失聪

　　　　我，开始重新认识水

　　　　怀疑水，以及水承载的

那比水还轻或还重的船只

那些深埋水中的眼泪

那些可疑的水草，水草之间游弋的鱼

以及不温不火的气焰

那些水的流动，水的停顿，又继续走

我并没有在意深水里的鱼

如何把水当成王国

是我慢了半拍

一边还在浪花前发呆

一边想着地上的瓦片拼成盛水的器皿

替眼睛收藏几朵新鲜的浪花

还有几张波涛，交给额头

还有一些狐的声音

留给别人的耳朵

我沉湎在水边

宁愿被水充盈，又被水放逐

三

　　沿江堤行走，芦苇瑟瑟作响，芦花如雪飞扬。我听见长江从很远很远的地方走来，水势汤汤，凝重如铅，卷裹着数不清的悲欢离合，沉积着道不尽的故事传说，升腾起一串串顽强不屈，生生不灭的生命，那股茁壮的、无所顾忌的生命力，使江水歌唱的一切有了一种原始的宏伟气象。它一个劲地涌来，又滔滔地流向远方。当一轮血红的落日从西天向它倾泻着浓重的金辉，凝然不动，却气势万钧。这是一条远古时代的大江，时光在这里是不动的，从来没有在它身旁流动过。

江风猎猎，我浑身发抖，不是因为冷，而是因我终于认识了它而激动不已。

这条发源于唐古拉雪山的大江，奔流至我的眼前，在我的心海里轰然炸响。我的心海里忽然浮现出一种奇怪的东西，像在逆流而上。这是一种叫绒毛蟹的小家伙。前几年的一次，我在白泥湖养殖场采访，那个承包水面的上海老板告诉我，只要到了这个深秋季节，这种生灵就有一种感应，都要朝着有长江的方向，千辛万苦，游回产卵的地方，那也是长江入海的地方啊。那里是它们的故乡。它们能从波涛汹涌的大江里潜行千万里不曾迷失方向，可途中的历险过程我不一一赘述，据说能回去的少得可怜。这种不顾一切的生灵，它们的体内有着一种什么样的生命密码，让我惊叹不已。此刻浮现它，或许与江上浪花有着一种奇异的关联。因为，在我感觉的世界里，每一个生灵其实都是有名字的，比如那些被浪花留下生命的航者，他们也回不了故乡，变成他乡的一抔泥

土，只有浪花成了亡魂的纪念碑。

站在堤岸上，古城的历史或隐或现。地上一块块陶片，或粗糙或精细，或饰有各类花纹，或者素面，其火候程度泄露了它的制作年代，有的甚至在五千年以上。我从小生长在洞庭湖边，也就是家近长江，最喜欢聆听冷兵器时代的战争故事。那个时期，我所关心的是战争的场景，至于战争如何以暴力实施着历史的淘汰，强制着文明的融汇更生，知之甚少。历史的面貌始终在改变着，文明在进化着。我至此也不知城陵矶在几千年前是一个什么样子的，连我的想象也很难抵达。折戟沉沙铁未销，自将磨洗认前朝。其实，陶片远比铁器更久远，包含更多的内容，也更能告诉你前朝的一切。我相信一种说法：中国文字记载下来的历史其实是一部帝王们的家史而已。只有这些陶片才是人类活动的真正历史。我用一条丝巾，小心地包容了长江边上人类数千年的历史。

四

间或有人从我身边走过，我没有在意是谁。

至于他们是行色匆匆也好，还是和我一样散心也罢，我全然懒得顾及是否聚精会神看着这片长江水域。其实也不尽然，似乎在想些什么，又似乎什么也没想。这种感觉以前也曾有过，只是没有现在这般明显罢了。说来也怪，我甚至想不起来，面对长江之水，我怎么这般茫然，心像掏空似的。可剩下的又是什么呢？

独自恋水的又何止我呢？古代文人在情感哀怨的时候，或是发生离愁分别时，一般也是寄情于水，往往取酒还独倾。北宋词人晏殊的《木兰花·池塘水绿风微暖》：

"池塘水绿风微暖，记得玉真初见面。重头歌韵响琤琮，入破舞腰红乱旋。玉钩阑下香阶畔，醉后不知斜日晚。当时共我赏花人，点检如今无一半。"

词的首句"水绿""风微暖"两个细节暗示时令为春天，晓风轻吹，池水碧绿。词人当时正漫步园中，这眼前景又仿佛过去的情景，所以引起"记得"的叙写。将"风"与"水"连一起，出现风吹水动的迷人画面，同时又由池水的波动暗示着情绪的波动。"玉真"即绝色女子之代称，写这位女子歌舞之迷人。上下句式音韵完全相同，讲究回环与复叠，故"歌韵"尤为动人心弦。演奏至此时，歌舞并作，以舞为主，节拍急促，故有"舞腰红乱旋"的描写。以"响琤琮"写听觉感受，以"红乱旋"写视觉感受，这一联写歌舞情态，虽未著一字评语，赞美之意却顿出。而"玉钩阑下香阶畔"，点明一个处所，大约是当时歌舞宴乐之地。故此句与上阕若断实连。"醉后不知斜日晚"，作乐竟日，毕竟到了宴散的时候，这句仍写当宴情事。同时，黄昏斜日又象征人生晚景。所以，此句又关当时及往昔，这样就为最后抒发感慨做了铺垫。晏殊进士出身，官至尚书，在北宋以词名天下，曾提携过范仲淹等名士。我之所以把晏殊的这首词粘出来，主要看好这首词中的隐喻部分，也不乏对人生的反思。但我不喜欢晏尚书这种池塘情调，仿佛这位尚书大人到了人生晚景时，记得的竟然是一个玉真美女，而美女究竟何许人也，并没有交代，感觉是有意掩饰真实身份，这中间可能也是包含着无可奈何的意思。

而南朝梁吏部尚书范彦龙离开京城，赴湖南零陵上任，在来到新亭，面对长江水时，吟诵出这样的诗句：

　　江千远树浮，天末孤烟起。

　　江天自如合，烟树还相似。

　　这首诗的大意是这长江的水面如此宽阔，薄薄的烟雾缭绕，那远在对岸的树木若隐若现，仿佛是漂浮在烟波浩渺的水面上。放眼远望，远处的江水与天空相接，浑然一体了，让人怎么能分辨得出哪是天空哪是江水。就是再朝前面走，又有什么区别呢？那流水、那烟波、那树影还不是差不多。

　　"沧流未可源，高帆去何已。"

　　范彦龙追问这江水的源头在哪里，这江水的尽头又在哪里。这浩渺迷惘的江水是不是没有开始，也没有结束？也就是说没有本源，也没有尽期。离开京城的范彦龙似乎是内心对前程感到渺茫。这江水是不回头的，远离京城的人，担忧自己像江水一样回不去

了，而人生苦短，光阴似箭，他的内心便流露出愁怨来，这也无疑反映了旧文人的失落心态。他不愿意离开京城的温柔乡，到一个遥远的异乡，面对无尽长江，他所想到的何时是归期，望着千山万水，感到遥遥无期。心中油然生出愁绪来，这愁是悔怨的、无奈的。

亡国之君李煜的《相见欢》可以说是把这种情绪写到了极致，上阕以美好的时光短暂，来衬托下阕的悔恨绵长：

林花谢了春红，太匆匆，无奈朝来寒雨晚来风。

胭脂泪，相留醉，几时重，自是人生长恨水长东。

美酒和美女如园中鲜花一样凋谢了，这美好的宫廷生活还没有享受够，就已经匆匆消失了，太快了。而接下来的是要接受从早到晚的寒风冷雨的无奈境遇。到了这个时候，唯有泪流满面，人生之怨恨如江河之水无穷无尽。"天长地久有时尽，此恨绵绵无绝期。"李煜在如此的反差中体会了生命的脆弱与渺小，让他只有人生之长恨，永无尽期。

古人以离愁别恨比作流水无情，比比皆是。"离愁渐远渐无穷，迢迢不断如春水。"（欧阳修）、"便作春江都是泪，流不动，许多愁。"（秦观《江城子》），还有李清照的《武陵春》等无一不是用流水来显示愁怨的。而我更喜欢李之仪的表达：

我住长江头，君住长江尾。日日思君不见君，共饮长江水。

　　此水几时休，此恨何时已。只愿君心似我心，定不负相思意。

　　这位宋神宗熙宁进士似乎是穿过时间空间来表达，从江头到江尾无穷无尽，只要有流水在，两颗思念的心总会有相逢的那一刻。而正是流水无情，才让他生出思念来，长长的江水牵连了两颗孤独寂寞的心。即使共饮长江水，却也见不到，这种愁绪是很难用语言表达的。流水让两个人长期处于分离状态，看到眼前的流水，就很容易想起另一个人也正在思念自己，这里的长江水即是生出离愁的无情之水，让漂泊的人更显得无奈与孤独。正因为如此，长长的江水拖着长长的思念与离愁，倍加懂得珍惜先前的情意与爱，这里的流水给予了寄情的方式，甚至也是一种安慰。不像我们现在高速发展的交通和通信，就是远在海外，飞机几个小时就到了，打个电话就是了，哪来的如此之多的相思之苦，也没有如此缠绵的离别之愁，也许现代文明更是文学最大的敌人，它让人类的想象变得越来越贫乏。

五

　　我的脑子里装下一个"水"字，水到底是什么？

　　埃德加·爱伦·坡说水是一种基本物质，主导着土地。水成了大地的血，也是大地的生命。是水把景致带到自身的归宿。什么样的水，养什么样的景象。范彦龙的江水是混浊的，模糊的，如同他的内心的困惑。不同的人面对江水的感受自然也不一样。

一样的江水，它融合了过去和现在，融合了心灵和事物、此时此刻，我身处在自然中，这个长江属于我内心深处的地理，主观的地理。离愁也好，送别也好，还是独自一人看水，心情无疑是忧郁的。忧郁是一种美，林黛玉的忧郁，成了这一美学的经典。在埃德加·爱伦·坡的作品中，美的代价是死亡。美成了死亡的诱因，无论美女本身生命之于景物的鲜美，之于水的活力与律动，都必然构成死亡的背景。坡说的山谷和水流的死亡并非一种秋天的浪漫色彩，也不是落叶所致，也并非树木变黄才是生命的死亡预言。往往树叶由浅绿色变成暗绿，变成物质的绿，变成油腻的绿，成为坡的元诗学的基色。这种正是旺盛的生命在坡的眼里竟然是死亡之色。这如同巅峰即终结，浪尘即波谷，都是一种死亡的暗示。我喜欢坡在《阿尔·阿拉夫》中的这句："六翼天使的双眼看到了尘世的黑暗：这是那种淡灰绿色，大自然为美的坟墓所喜欢的颜色。"即使在色彩的烘托下，死亡仍置于一种特别的光照里，这是那种对生命的色彩搽脂抹粉的死亡。坡认为：对我们每个人而言，自然只是我们原初自恋的延伸而已，这种自恋在起初依附于哺育我们呵护我们的母亲。林妹妹的自恋在没有了母亲的依附后，就有了寄人篱下的强烈感受。即使有宝哥哥疼她，娇嫩的她本能地变成刁钻任性无理，又受不得半点委屈。这就让她在贾府中生活，处处笼罩了一种死亡的阴影，那又岂是一个贾府公子哥宝玉能读懂的谜语一样的林黛玉。谜底即死亡。我们常常对这样的气氛感到压抑，内心痛苦煎熬，采取过激的方式来排泄痛苦或以麻醉心灵的方式来平衡解脱这种困惑。所谓行尸走肉是我们最常见的一种行为方式。

正是为了摆脱这种方式，我独自走近水，亲近水，感悟水。

水有没有看见我？我的影子倒映在江水中，被流水、被浪花撕裂、淘碎，我的影子又奇迹般聚集、组合、拼凑、还原，很快又被撕裂、淘碎，而每一次出来的形象是不一样的，为什么会是这样的？影子到底是物质的，还是非物质的？与人之间的关系是什么，是不是另一个自己？影子对于人，又有什么寓意，抑或是一个隐喻？这些都是我这个下午思索的问题，而又没有一个问题有明晰的答案。水中游过的鱼，时隐时现，天空也把白云，甚至飞鸟倒扣在水中，那些水面的漂浮物，或石头，或船只，是立体的，又是平面的。空间被压缩似的，等待我的想象去打开牢笼，

我是茫然的，无法从水面的其他物体的重影区别开来。一束阳光斜斜照射过来，好像是风悄然拂过，只有水面生出桃花水母一样的涟漪，神秘而幽邃。这些被水淹没，或被水吞下的影子，仿佛浑身长着饥渴的嘴，它们对物质究竟是予以接纳，还是予以拒绝？

长江接纳百流之水，从这一点来看，水无疑是博大、包容的，才有了长江之水奔流不息。明显有别晏殊的池塘之水，其胸襟不同，水的性情也相差甚大。据说人体的百分之七十五是水分，就是这么多的

水，还在不停地接受水，我身体的江河快到泛滥的地步，而我思想的版图却还在遭旱，且一直喊渴。

六

寻访长江并不是件轻松的事，也许正是由于人要避开比不轻松更甚的苦难，所以，人类就有了追求！正是在这片沉埋着无数航者骸骨的江岸滩涂上，野菊花依旧大片大片地开着，宛如一座座金黄的坟冢。或许，每朵野菊都是一个亡魂，仰望着星空。

独坐其中，领受着天象昭示的宇宙本相。每一朵浪花溅起生命的光芒穿透黑暗，在这种清明的光芒中，获取生命由此到彼抵达化境的密码。在那高阔的穹空之下，我被完全省略，又被彻底充斥，呈示着生命的两极状态：一个初生，一个待老。静悟生命进入宇宙之门，仿佛是谁以一粒石子与星相对弈，点放人类智慧的卦象。你会觉得自己渺小得如同一粒尘埃，不可名状。人世间的一切都在一刹那变得微不足道。什么荣耀权势，什么金钱富贵，什么烦恼忧愁，都如同隔世。

一种声音开始在我体内鸣响，我的灵魂在战栗，这是一种对大自然的敬畏。它包容了一切，又隐匿了一切，是大到极限的零。因而是一切，是所有。

洞庭候鸟

　　这个数以万计的候鸟家族，从西伯利亚、从日本等地迁徙而来。冬季的洞庭湖裸露出来的湿地，无疑成了它们度假的乐园。它们热爱这个冬天里的春天，才从遥远的国度翩翩飞来，年复一年。途中的艰辛不言而喻。它们用飞翔的姿势写诗，发表在天空的纸张上，所到之处，留下不只一路的鸟语声，还有人类惊喜的目光，不约而同地抬起头来，去翻译和阅读大自然如此美妙的诗篇！人类为俗世所累的心情，刹那间得到释放。

　　这些年来，我时常迷恋洞庭湖的这块湿地，放牧被世俗压抑的心灵，把自己还原成自然人。我像牛羊一样喜欢这里，像鸟儿一样沉湎这里。多少次，我一个人走进去，在一块草肥水美的地方躺下来，哪怕冰天雪地。我也要想象白云是如何把天空擦得一尘不染的，还尽可以去听飞鸟鸣叫的声音落下来，是如何被我飞翔的耳朵一一接住，当耳朵如巢盈满鸟音时，还疑有少许的音符溢出来，缠着我的耳根如坠，

仿佛这些声音也在寻找它们的知音。这里，阳光是有声音的，静静地燃烧的那种细碎的声音，总是淹没在鸟声里。这些原始的阳光，也是有重量的，与城里的阳光不一样，它干净，无杂质，最多无非含有少许湖风的腥味，还有草地散发的清香气息，覆盖下来可以将我的身子严实地笼罩。我还喜欢看亦水亦草的地方，那些鱼儿吐出的词儿，散着由小渐大的水波，一圈一圈的，像美女微笑的酒窝那么甜美。那水草轻轻摇曳，令人对这个冬天的温度失去怀疑。

渔船泊在水湄，一层薄雪覆盖，宁静而单纯。把古典的影像映在水面，让神仙都有三分眷恋，何况我等凡夫俗子，也很想深入这里去追寻上古的歌谣。就像走在《诗经》的岸边，盈盈曲水之间，那个穿粗布罗裙的民间女子款款而来，我对着这片草地歌咏着："关关雎鸠，在河之洲。窈窕淑女，君子好逑。"这穿越几千年的爱情故事在我耳际缠绕不绝。我像流连《诗经》一样流连着这块土地。几千年来，就算天荒了，天老了，可《诗经》里的爱情仍然茂盛着。我一直沉浸在这首诗的起句里不能自拔。即使

冬天过去了，候鸟告别了洞庭湖，来年一定还会飞回来的。我像等待《诗经》里的女子一样，不分季节地守候在洞庭湖。甚至可以在炎炎七月，去看洞庭湖水的宽阔和富裕，去听流水压着更深的流水，发出呛息的涌动声，扑入长江、奔向大海……

丰水的季节，我虽然无法看到裸露的湿地，却能找到生命的另一种境界。

我一个人摇摆着双橹，把一条小小的乌篷船折腾。也许，我刚划出去不远的船，可能又会被湍急的流水逼回湖边浅渚。也好，反正我划船的技术不好，就干脆随性地泊在岸边，把船泊成一个小小的半岛。那几只被我惊飞的白色鸥鸟，落在不远处兀立的岩石上。它们已经不是这座城市的过客，而是这块水域的主人了。浅渚上，青绿的芦苇倒映在水中，把这岸边的一泓浅水染绿

了。几朵白云浸在水面，越漂越深，湿淋淋的，从我的指缝里漏下来，也没捞上一朵白云。这些白云成了小鱼嬉戏的物象。我虽然成不了摇曳尾鳍的鱼儿，但我可以取出钓竿，去钓一份千年的优游自在。那青空过往的鸟儿，是不来咬钩的。倒是那凉爽爽的湖风，像小狐狸一样往我的怀里钻。不时，有白云飘飘而过，也有一朵不动的云朵，像古典丫鬟一样为我撑起一把没有柄扶的云伞。沉迷其间，全然不知有汉无论魏晋。连那些成群的小鱼儿，也围着船边追逐着……

　　坐在船头，赤脚戏着湖水，钓着张太公鱼。我甚至后悔忘了带本梭罗的《瓦尔登湖》了。其实，这时候读与不读，无关紧要。也许，看书的不会是我，可能是不识字的风儿。打望洲渚块石上的白色鸟，伫立着，好像也在阅读一部书。鸟儿打望我，并

没有飞走的意味。有时扇了几下翅膀，显得舒展。那尖嘴轻轻梳理羽毛，之后安谧地栖在原地不动。这些鸟是不是先前飞累了，那翅膀一定是擦过无数的云朵，那身子白成了朵朵的云，像从石头缝隙里长出来的。也许，它们阅览了无数江山湖泊，甚至历经风雨之后，或月光下的孤独漂泊来到这里，选择了这个洲渚休养生息。一群大雁飞过，抖落了羽翼上如歌的黄昏。鸟声的箭镞纷纷射向我。船开始摇晃着，感觉我的意念早已经出窍了，这时候才回到了我，回到了这个冬天里的春天。气温回暖，雪花几天前就开始融了，我看见薄如蝉翼的暮烟笼罩湖面，那些候鸟伫立在目光够得着的湖面，若隐若现，鸣叫不已。知道它们很快又要走了，我心中多了几分惆怅，几分不舍……

　　一钩新月升起，勾勒出湖上事物的轮廓，像乡间的皮影戏，暗淡中呈现明亮。我默念着，几片霜花和月光落在肩头，我漂白的衣裳在晚风中瑟瑟，依依作别洞庭湖。我带回来的不只是肩上的头颅、天上的星星，还有几片大湖月光，以及鸟声里绵长无涯的意境，一并牵回了对岸的城市。

藏着的水道

　　我的目光掠过湖面，落在湖心的岛屿上，像打出去的鱼竿，钓线却收不回来。这是件很纠结的事，去吧，没有渡船，我是游不了这么远的。又不能像一只鸟轻盈地飞过去，又飞回来，就能轻而易举了却好奇的心愿。

　　岛离营田码头最近，直线距离不过 3000 米，望得着，够不着。而坐船至少得半个钟头。一般没有专程去岛上的船，要去还得事先联系当地的渔民，只要出租金就可以了。

　　大湖像刀切割的豆腐，河道出现无数条块，其实许多路又是行不得船的。地形复杂可想而知，不是想走哪条水路就能走的。过往船只一般只走有标示的主航道，从不轻易走其他羊肠小道，估计是不熟悉这里繁复的水情，不敢贸然而行。偌大的湖似乎处处可以走的，然而又处处暗藏未知的险象。就像飞机在天空飞一样，是要有航道的。不然，天空会经常出现航空事故的。在洞庭湖里行船，自然有水道，这里的水道不是一成不变的，而是经常出现变化。何况这里是湘江与汨罗江交汇的地方。湘江是从南至北，直接灌入洞庭湖的。而南来的汨罗江进入罗城，打了个九十度对折从东边往西突奔而来，与湘江水重叠在一起了。江与湖连接的地方，泥沙淤积，不同的季节，水底的情形也不一样。

听说，有一段形成了七弯八拐的河道在芦苇丛中藏着，还鲜为人知。

春天的水浅，河道两岸长满了青青的芦苇，如果不是熟悉情况的船驶进去，单从堤岸上看过去，还以为那是成片的芦苇，是沙洲，亦草亦水而已，根本看不出有这么一条神秘水道。

多少次，我在营田码头，渴望驾条划子船过去看看究竟。

码头斑驳，已经很少使用，几乎废弃。我不知道，这码头曾经接纳了多少人的步履。相对堤垸内的人，大湖自然在我们的西边，岛无疑成了落日的背景。

见过落日把西边的大湖染成红绸缎，万顷波涛流光溢彩。那岛陷入自然的逆光的反差中，像曝光过度的底片越来越深。如果是阴雨天，湖上被烟雨笼罩，那浮在水面的岛若隐若现，显得愈加神秘莫测。曾在垸内居住多年的我，常在好天气的傍晚来散步，沿长堤把夜晚走短……

一个春夏之交，一文友从推山嘴弄来条机船，有动力的那种，圆了我多年的一个心愿。推山嘴是附近的另一个船码头，这里一年四季都有不少大小船只泊在港湾。这些年来，水运似乎稀

疏了许多，码头也就寂寞了许多。

20世纪80年代初，这里还是很热闹的。上长沙，下武汉，都走这条黄金水道。那个时候，湖面还有不少帆船，给人一种几千年的气象。春秋战国时的楚国三闾大夫常常流连于此。要不是七雄争霸，楚国被强秦吞没，屈原也不会走到兰草盛开的沉沙港去投江。长沙王贾谊前来凭吊屈原，走湘江顺流而来，这里是必经之地。唐朝诗圣杜子美一生漂泊，没有过几天安稳日子，以至老来还漂过洞庭湖，去投奔长沙的亲戚。他在途经这里的时候，曾在这地方住过一晚，留下诗一首：

> 洞庭犹在目，青草续为名。宿桨依农事，邮签报
> 水程。
> 寒冰争倚薄，云月递微明。湖雁双双起，人来故
> 北征。

这首诗仍保持了他沉郁的诗风，从中似乎可以窥见他的心路历程。

青草湖并不特指青山岛，而是泛指这一带水域。到了春天，万物生气勃勃，滩涂浅渚水草疯长。尤以青青芦苇为盛，间或几根杨柳。杨柳散和风，青山澹吾虑。晚年的韦应物忽然陶渊明起来，结庐仙境。而我一进入这个地方，思绪就如跑马，奔腾千里……

夏天涨水，绿草植物大都被水淹了，依稀只能看见杨柳枝头，在风浪里呼喊。之所以当地人仍喊青草湖，估计是沿袭喊了几千年，后来的杜子美也只是入乡随俗，跟着喊罢了。而真正水

深的地方被喊作潭，这里的潭叫青潭。著名的潇湘八景之《远浦归帆》就特指这里。当年岳飞屯兵营田，剿杀农民起义军杨么于青山。至今岛上还有杨么头遗迹。日本人曾三次血洗青潭乡，并以此为据点，偷袭对岸营田国民党守军。现在的青山岛还居住着上千人，设行政乡，名青潭乡。先前以捕鱼为业的渔民，而今在岛上刀耕火种，捕鱼反而成了他们的副业。我的一位邻居活至106岁，故后葬于此岛上，他就是黄埔军校一期的黄鹤将军，曾因率六百将官中山哭陵而名扬海内外。

　　候在营田码头，来送我们上岛的机船在"突、突"的嘶叫声里开过来了。不知从何时起，渔民换上了这种机船，船身大，马力大，比先前的划子船威武、实用。尽管如此，在我的审美情趣里，还是那种划子船韵味十足。摇一摇船橹，桨就荡漾开来，无声无息地，如行云流水，荡出层层波纹。眼前船主姓汤，四十来岁，皮肤黑黝黝的，看样子是经过洞庭湖风浪历练的。据说他家世代在这一带捕鱼，对这里的水文地理烂熟于心。我们不喊他的名字，直接尊他船老大，似乎他也乐意接受，笑得双眼都眯成一条缝了。他指着湖中间的两排竹竿子对我们说，那就是去青山岛的航道。今天我们打破常规，走另一条隐蔽的水道。船老大知道我们几个是舞文弄墨的，选择进入芦苇丛中的那条水路，的确无比英明，至少我是这么认为的。他说：很少有人会走这里的，怕出事。船一驶入这条两丈多宽的河道，真是别有洞天。怪不得我们在岸上看过来，是连接一片的，根本不知道这中间还藏匿着一条水道。

　　水面平滑如镜，也清晰如镜。如果不是机船的粗野搅乱了它的平静，每一根水草与芦苇都清晰地倒映在水中，景象逼真，以至于绘画艺术也难以临摹。看来只有大自然可以炫耀自己的魅力。那河水深不可测，天空倒映在水中更显深邃。如果你有丰富的想象力可以在这里尽情遨游。与观看水底相比，观看倒映在水里的绿草与天空，则需要一种独特的目光，一种更加自由、更加全神贯注的目光。船到之处，惊了嬉戏的鱼跃出水面，鸟从两侧青草里蹿出来，又飞到前面一点，划过一道弧线，栖落下来，就看不见了。能看见水底鱼儿的泳姿，那么悠然自得。仿佛这鱼儿就是湖水的骨头，或灵魂的载体。每朝一个物体看去，都会生发出多种景象。甚至不能反射光线的物体表面也能映射出蔚蓝的天空。一些人的眼睛天生具备看这种物体的超能力，而另一些人则只能看到其他物体。一个家伙下船端数码单反拍了两张露珠的照片：一张晶莹的露珠里有蓝天、白云及大雁；一张剔透的露珠里有我们的这条机船，船头叉腰的人就是我，尽管变形，显得夸张，但仍那么神奇，那么不可思议。如果不是船老大催促他上

来，我差点也下去拍片去了。

船继续走，又拐了个 S 形弯，迎面我们看见了一条划子船，船上坐着两个中年人，一男一女，像对夫妻，他们正在收丝网。船老大跟他们打着招呼，看样子十分熟悉。那男的说他们在前面看见江猪子，有几只呢！江猪子是地方方言，其实是讲江豚，又叫河豚，在洞庭湖，已经好多年都没看见这家伙了，现在突然出现江豚，从某种意义上讲，是生态环境变好的诠释和表现。大家情绪激昂，便大声喧哗起来。"尽管大自然的法则比任何一位暴君的法令更加不可更改，但是她对人们的生活常规却持宽松态度。她允许人们在天气宜人的时候释放自己，并不会厉声斥责人们的所作所为。"（梭罗语）

起先的那一刻，我还以为是机船的噪声惊扰了江豚，连忙叫船老大停一下船，等待江豚出现。可过了好一阵子，江豚还是没有出现。当船驶出这条水道时，我还回过头来看了几次，江豚似乎在湖中藏匿了。此刻，我只想看一眼江豚，而对船靠岸上岛的兴趣无影无踪，像喝下兑水的白酒索然寡味。

好多年后，也就是去年的深秋，我与陶陶轻驾划子船，在那条藏着的河道上守候了整整一个下午。秋天，河道的水，更加沉静，河岸的芦花已经白了，风一吹，纷纷扬扬，落在水面，惹得游鱼追逐。傍晚的湖风，加重了身体的凉意，也消磨着我的热情。在差不多完全失去耐性的时候，眼前升腾着一团黝黑的影子，溅起的水花又重重坠入水中，江豚在落日的余晖里出现了，我看见一只、两只，不！还有五只、六只，是一群，它们在我的镜头里跃出了水面，又沉潜下来，冒着思想的泡泡。

永远的边城

这是我生命记忆里最刻骨铭心的一次游历。

如果说我先前的七次，都是奔沈从文去的，那么，2005年夏天，第八次去湘西凤凰，我邂逅了另一个人，就不是的了。那个人便是你，才有了后来的第九次，赴一个明知没有你的约会。

第八次是我参加市文联的一个采风活动。

天下着雨，而我们抵达时已经是傍晚了，雨竟然善解人意，收起了先前的铺张，在我们到来的时候打住了。有点像谁家两口子吵架拌嘴，来了客人马上笑脸相迎，生怕被看出破绽来，丢了自家的脸面。何况我们大队人马远道而来，还没等车子停稳妥，就有几个人猴急地拥下来，随后五六十人拥向江边客栈，像过江之鲫，把江边几家旅店都挤得乐开了怀。我先前做梦也没有想到会在江边这么奇妙地与你相遇。

久雨初晴，古城空气里弥漫着薄薄的雾气，夹带着一丝丝清香，是什么香，我说不清，也道不明。只见雨水洗过的街道，一尘不染，镜子一样光鲜，照着我的身影活灵活现，若不是"老江湖"，我也会在不经意之间吓着自己的。这麻石古街经无数迎来送往的脚步打磨，已经光亮光亮的，像面凹凸的哈哈镜，把一个变形人交给眼睛，去辨认这个丑陋模样不是别人，而正是自己。

仿佛是一个玩笑，让人啼笑皆非。有时候我不得不感叹：自然界出现的一些光怪陆离的事情，总是难免让人匪夷所思。生活原来也就是这样，不以人的意志而变化；也正是这样，才有了生活的乐趣和情趣。正如我与你，在偌大的地球村，在芸芸众生中，在此时此刻，真的，你说过是缘分，那一刻，我相信缘分。

那一刻的凤凰古城，如一幅刚刚收毫的水墨画，清新、舒展，那写意的墨汁还没干透呢！那阳光穿过云层，呈斜坡锐角流下来，梳理古城。斜阳下的古城，像一个爱俏的妇人忙里涂抹了一层厚厚的脂粉，总是这里一块白，那里一块白，就是不均匀，还有脖子上怎么也舍不得擦，这样的光影反差效果更大，显得愈加斑驳。好在客栈的主人明媚的笑容，阳光一样灿烂，这份热情让大家像回到自己的家，那么随性地把手中行李往房间一抛，急不可耐地拥向沱江，去找船家了。其实到了傍晚，游客一般都上岸了，而我们刚来，好像不坐一下游船对不起沱江。只是今天的沱江，不是沈从文的沱江了。当年的江面水势汤汤，可以上贵州下常德，甚至可以入洞庭呢。现在怎一个瘦字了得，还得依赖上游拦水坝放水，才勉强可以行船。水的枯竭，在一定程度上反映了环境在向恶劣的方向转化。

船早已候在水草丛生的岸边。

那江水浅，水底的水草清晰可见，朝水流的方向倒伏，还有水底的石子，甚至几条小鱼儿也看得清清楚楚。

当然我更看见在岸边写生的美女，那个美女就是你啊。

你告诉我：你是一个锡伯族人，刚留校在北京某名牌大学教书。

还记得那天傍晚吗，你在沱江边写生，一袭红装，成为沱江的一道灼人眼睛的风景。我一连拍下了你好几张写生的照片，还有一张特写。你起先是拒绝我拍摄的，经过我们之间的交流，你积极配合我，才有了我们良好的开端。你说你这个暑假用一个月时间游览江南，从苏杭一路而下，凤凰已经是最后一站，已经来了一个星期，明天就要回北京了。你指着对岸那栋客栈告诉我，你就住在那里。你还说你这一路几乎成了哑巴，没有一个人和你说话，更没有哪个男人和你说过一句话。你说我是第一个敢和你说话的男人。我从你的话语神情中看见了你有几分自信，也有几分失落。你一个身高过了 1.7 米的女孩，既漂亮又时尚，又是学艺术的，气质非同泛泛之辈，是很容易招惹回头率的，也能让一般男人产生自卑的。我们一行文人中，也有平时以风流倜傥著称的，这时个个畏缩着，竟然没有一个向前来，而是把我推过来的。其实我也是没有底气而显得胆怯的人，为不失面子才勇敢地充当"炮灰"。我与你的交流是愉快的，这让我的同伴产生妒忌。

你说我们晚餐后原地见面，你接受了我的邀约我不知多开心，匆匆赶回客栈，三下五除二，草草地吃了饭，准备到江边去候你，我不愿迟到片刻让美女来等我。待我赶过来的时候，你已经先我一步抵达。你笑说我这不算迟到，你的善解人意让我感觉亲切。

这一刻，你在我心里，不知有多好，有多美。这个时候，我们还并没有说很多话，如果不是我的两个同伴出现了，整个情形就不是现在这个样了。要知道：他们对着我们鬼喊鬼叫并没有什么恶意，只是想成全我们。可你很生气了，你对我说：这么隐私的事，怎么可以让人家知道？说完你转身就走！我来不及解释，望着你的背影慢慢消失。那时候我没有及时追上去的勇气。

这一夜，你不接我电话，连解释的机会都不给我，这时我的心不知有多难受。而另一个平日爱放火使坏的作协"州官"，还幸灾乐祸了一个晚上，以为吹灭了我们刚点燃的灯盏，把这件事当作我的一个笑柄。第二天大清早，你真的悄然地走了，却发来信息告诉我，说你昨晚失眠了，想了一晚，决定不生我的气，你原谅了我，这是我也没有料到的，才有了我们以后的交往。

一开始，我们彼此没有想过结局，那时我们都迷失了自己。后来你家里为你找了一个男朋友，订婚不久，双方家里逼你结婚，你要出逃，我是坚决反对你的，你在我的劝阻下妥协了，只是我不能前来喝你们的喜酒，个中原因你比谁都清楚。之前，我们相约再去一次凤凰，你说是对上次的续缘，我看已经是不可能的事了。从此，我换了手机号，不打电话，信息也不敢发了，我想我不能一错再错。我以为这样就可以从心底把你慢慢淡化，甚至彻底抹掉，可是我没能做到，你的影子总是挥之不去。这才有了我第九次去凤凰，我还在想，我是赴一个你不可能来的约会。

　　这天，也是一个有着灿烂阳光的黄昏，我坐了近七个小时的车赶来的。我先在驳岸站了一下子，就是你上次写生的地方，场景大体一致，可是没有你的出现。那时的晚霞静静地燃烧着古城，楼宇和城墙被映照得金碧辉煌。那沱江水面流光溢彩，成了岸上写生的绝版风景。我想要是你在该多好！只是这时的沱江之水，在我眼里是惆怅的，忧郁的。我一个人要了条船，奢侈地享受这份落寞。驳岸除了游客，就是浣洗衣物的老少妇孺了。我由东向西缓慢而行，努力还原当初的情与景。这是多么不切实际的事情。天渐渐暗下来，我听得见船底擦着水草的声音，沉重而喘息的声音，不知是水草划着船肚的声音，还是船肚皮擦痛了水草

的腰身？船夫立在船头，那撑竿忽左忽右，扬起水开出朵朵细碎的水花，又顺着撑竿爬上来，又溜了下去，弄得船头甲板水淋淋的，直流入船舱。间隔几滴水珠飞了起来，落到我的头顶，或身上，凉的。我抬头望了望天空，还以为是鸟儿的声音落下来了，像落下几个带着凉意的词语，溅在我的心头。鸟儿我没有看到，仿佛听见了鸟声。如果说鸟叫的声音是模仿水发出的声音，这个是有据可论的，鸟声接近水声，无论是寂泣还是清脆。而水是不会去模仿鸟的声音的，水天生就是语言大师。湖南有个叫谭盾的国际水乐大师，我想他是聪慧的人，悟到了自然的声音才是天籁之音，他通过打击水，发出奇妙的音响，他是了不起的。加斯东·巴什拉说鸟类是按某些富有想象的语言学家的意思，以最早给人类以启迪的发音者的话，那么鸟类自己也在模仿自然之声。而我这样的愚蠢之人，竟然模仿上次的游踪，多么荒谬绝伦。

这回我消磨了一个星期的黄金时光，把凤凰的地理环境又熟稔了一遍。可没有你的时光，这些时光都已经一钱不值了。所以，我一回来，这些我用记忆装载回来的凤凰时光，竟然又被我的记忆莫名其妙地漏掉了，只剩下了你的影子！空空如也，空空如也！我的一个朋友说：记忆是一条漏水的船。这就不完全是我的愚昧了。如果人总是沉湎在漏走的时光里，记忆是不堪重负的，不沉船，也会累死人的。而今，我把你的照片收得很紧、很紧，连我自己也不忍心去看，不去看，不是为了忘记你，而是为了不让我的心，在归于平静时再生波澜。

谁知命运总是那样捉弄人，前些日子，我无意闯进了一个人的网易博客，凭着字里行间的气息，我认定是你。我把你的博客翻了个底朝天，那么多关于我们对话的文字，让我几乎晕眩过去的是，那天你居然也到了凤凰，还比我先到一天，第三天就走了。你在博客里还说，你两天没有出门，就倚在原来那家客栈的窗口，希望那个人的身影出现。我的天哪，我简直不敢相信。我甚至责备自己，怎么就不上去看一看呢？我分明从这里经过，那时你怎么会没有看见我呢？从你的博客中，我知道你辞了公职，开公司去了！日子不咸不淡，也还平静和充实，就不想打扰你了。在你的博客写下"你们俩是没有缘分的"。这个匿名留言的人正是我！我猜：你大概也有感觉是我留下的。过了一天，我又忍不住去看了你的回复：

是有缘无分！再见了，永远的边城！

我不知是什么滋味，也照着你的回复留下：

是有缘无分！再见了，永远的边城！

这个时候，你不知道，我的眼泪已经出来了。我在家里思考了两天，还是决定去你的博客告诉你，可你已经关闭了博客，我知道你已经知道了，而且在有意回避我。我还能说什么呢，只得写下这篇纪念意味的文字，并借用你的原话作了标题。除此以外，我想不出其他形式来表达我此时此刻的心情。

失眠者的海

一

从三亚回来，已有月余，我几乎没有好好睡过。大海从地理上离我远去，却从生理上走进了我的体内。像生物链似的驻扎在我心海，繁殖一种叫相思的菌丝，日夜随我波涛起伏的心潮，和鸣遥远的大海。

回想起在海南的日子里，我最大的发现：大海才是个失眠者，以波浪的形式，极其简单地重复简单的追求，永不知疲倦。"自然界中最简单的东西不会不修饰客套一番就靠岸发话，正如那最繁复的东西也要接受一些简化一样。这就是为什么人（同时也因为受到物之广袤无边的打击而对此怀恨在心）奔向伟大事物的边际或交点去寻求定义。因为理性在单一的形式下危险地动摇着并不断减弱；贫于概念的精神首先得以表象为养料。"（弗朗西斯·蓬热语）我在经受繁复的人生困顿时，走近海，并非要干一番伟大的事业，前来得到大海的启示。小人物的小事情其实是容易纠结，给人带来压抑与烦闷。佛家说：世上事难了，了犹未了，不了了之。我理解成凡夫俗子为俗事打了心结，只有超然于上，就一切迎刃而解了。我的出游大致如此，也没有明确的目的，以至我在亚龙湾找到一家临海的海景房住下来，晚风从海上穿过对面的椰树林，向我送过来大海的涛声与气息，我并没有去想什么，就呼噜噜地睡觉了。几个晚上都一样。以前，我不管到哪个生地方，我都认生，老是失眠，怎么睡都有一种不踏实感。常常感叹：金窝银窝不如自己的狗窝。我在家里是一沾床就睡着了，很少失眠。而自从看海回来，竟然颠倒过来了，我的生理机能发生了新的变化吗？我苦思不得其解。我甚至冒出古怪的念头，大海是失眠的源头，而这失眠也有传染，碰不得，像有毒物质，人对它有依赖，一旦沾染上了瘾，就不是那么容易戒掉的。这连我自己也不敢相信，我像中了海的蛊似的莫名其妙。

大海那么清澈、干净，难道还有毒不成？

还有，大海为什么会失眠呢？

二

这些年，我在江南城市待久了，尤其从囚禁的方格子斗室中走出来，猛然看见大海，如同看见另一个星球，一切是那么新鲜，那么好奇。记得我走下机舱，就已经深呼吸了一口，感觉血脉异常的通畅、乖巧，那是接纳了大海的味道。嗅觉告诉我，大海有一点点苦涩，触觉感到的更多的是清爽。那海风拂过来，我变得贪婪，大口大口地吮吸大海的气息，那芬芳沁人心脾，精、气、神倍增。人的一生都在以不同形式获取盐分，补充生理机能。而置身源头之时，仿佛自己是个大富翁，实在要不了这么多的财富，想与天下所有人分享。细致入微的盐分穿透我的身心，穿过我的精神，刺痛我的神经，我的肌肤被擦出光亮来，人呈现新的活力。这是一种多么快乐的感受。

对于我来说，没有什么比看见海浪更为新奇壮观的事。伫立三亚湾海滩，我看见海浪刹那间站立起来，形成水墙，没有脚，却均匀地向岸边推进。那无数细小的浪花顺着它飞溅而下，好像形成一道宽阔的瀑布。但转瞬之间那水墙便轰然坍塌，只剩下白沫翻飞的海水冲向沙滩。我按捺不住，想下海。人在海里比在岸上更容易产生一种浩瀚无垠的宇宙感。在这里仿佛能看到地球那圆圆的背脊。令人感到这起伏不定、微妙难测的透明体才是那巨大的星球真正的皮肤。在陆地上，在群山的褶皱之中，有着你我的一处立足之地，安稳而踏实，而一旦到了海上就成了名副其实的漂泊者，这里不存在地点与疆域的概念，只有一片苍茫。如果

把我们这颗行星比作一只大玉盘，你就是在平坦空阔的盘子中央，像独自一人被抛在月亮上一样。你脚下流动着的是勾勒出地球的那浑圆的曲线，其他便一无所见了。

站在海边，我们好像在呼吸着某种更为广大的东西，这里适合大写的事物，奔放的思想。这里没有我平日习以为常的村庄与细小的事物，好像这里才是上帝经常出没的地方。所谓财富、权力、文明、丑陋、界限等，在这里似乎一切的一切不复存在。只有一张望不着边际的与天一色的透明体，未经玷污，也无法被玷污，就像浩渺的太空一样，人类的企图显得多么渺小。

三

我喜欢乘风破浪的帆船，多么诱人，多么美好，它代表着人类的冒险精神。从海岸线出发，向着遥远的地平线历险，未知的海域，召唤我们扬帆起程。对于大海的追求者，这帆船已经成为一个意象，它与我们的诗多么相似，像我们的灵感，常常突然间出现，闪烁着思想的火花，如果你不好好把握驾驭，顷刻间又消失得无影无踪。眼前的帆船有的正朝你驶来，擦亮你惊喜的目光，当然也有的就在岸边徘徊，这一点好像我遇到某些阻力和困难，变得犹豫不决，打起圈圈来。更多的时候，我希望自己就是一根勇敢的桅杆，朝着远方，把岸抛到身后，向着地平线方向，哪怕越来越小，直至成为一个小点慢慢在视野内消失，令人无限想象。

关于帆船，它让我追忆古代世界的那些浪漫传奇故事，它们也许被荷马时代的海风吹拂着，从久远的往昔保留至今。而从大海上驶过来一只大海轮，劈波斩浪，不惧狂风暴雨，却代表着现代世界对想象力的冷落与排斥，这多少让我感到诗人这时候已经无用武之地了。

如果面对浩瀚的海洋，比我们大陆更加辽阔的原始液体，古远而永恒的大海本身，我一个久居内陆城市的人，会突然失语，我曾统率过的文字部队，怎么也不听我的调遣了，一个个都畏手畏脚，难道文字也习惯了鸟语花香的江南景物，习惯了乡村炊烟往事，习惯了城市钢筋混凝土的忧伤，一旦面对着大海，那些习惯了的一切全部化为乌有，展现在面前的一律那么陌生，那种饥渴像巨嘴，无情且充满活力。

我的文字怯弱地望着海，海的诱惑，海的威胁，既狡诈凶险，又魅力无穷，像个狂野不羁的乱臣逆子，让我掌控的文字集体失声。一时间，我是多么无助，一个人孤军奋战。

我是疲惫的，潮水一样溃退，却不能像潮水组织一次又一次的冲锋。

人永远是渺小的。

四

"面朝大海，春暖花开。"海子的诗句从我脑海里冒了出来，又很快沉没。其实在大海面前，任何声音都会被大海的声音淹没，任何语言也都是多余的。

我只能静静地倾听大海。

大海的声音不同于自然界任何一种声音。它比山风的呼啸和暴雨的怒号更加狂放恣肆。从那永无止歇的声音中，你能听出大海特有的咸腥、凛冽和动荡，我想那就是作用于听觉的盐。你几乎能听到无数细小的盐霜在相互摩擦碰撞。也许一场雪崩也会发出这种声音，仿佛大批沙石碎砾被裹挟而下。但大海的声音还不止于此，它还给人一种锯齿般锋利的感觉，粗粝而咸涩。我在诗歌《盐渍》中，多少表达了这种复杂且无奈的心境：

> 请给我淡水吧
>
> 纯净的淡水，一路风尘的我
>
> 得到了大海的宽慰
>
> 我是一个受伤的孩子
>
> 学习把一身的顽疾埋入沙滩
>
> 长出许多虚无的念头。这深不可测的大海
>
> 碰了我一鼻子盐渍。我的身体里

早已安葬了数不清的海妖，它们的灵魂萦绕我

面朝大海，我不敢深呼吸

生怕海妖从我身体里醒来，妖言惑众

掀起我心头的波浪，让我思想的皱纹一筹莫展

是谁的歌声，浮出了海面

呵，明天我就要走了，这海罐里的时间

还紧紧扣入我的身体

向往光明的眼睛，捞取了一朵湿不了的白云

我听见歌声从云朵里游泳而来

熨烫着大海的温情，诱惑我，又让我恐惧的大海

在近焦中放大空间距离

这无限的辽阔压缩在身体上，结出了盐渍

盐渍这时光的见证者

让我浑身得不到安宁

像海螺的梦搁浅

我对着我的江南说：请给我淡水吧

我向大海说道歉：空空的，我不带走一粒盐渍

五

回到我的江南，我开始休养生息，企图再次进发。那些时日里，我像训练水兵一样，试验培养我的文字识海性。为此，我几乎每天都被远处的大海折腾得夜不能寐。而大海无疑是一个真正的失眠者。沙滩成了它不断更换的枕头，任何时候的沙滩轮廓都

　　不是先前的模样，多么像人类的手工制品，譬如手工的紫砂杯没有一件是一模一样的。大海伸过来的触须有时枕上平坦浑圆的沙包，有时又是枕戈待旦。顷刻之间的海浪拍击着沙滩，也抚摸着沙滩，好像沙滩如一床细腻柔软的被子一样。这种感觉给人无限温顺多情的母爱，并不像粗心大意的父亲。而你正在捉摸不定的时候，那被喻为温暖的床上枕头置之脑后了，它已经像一个踢被子的少年，那感觉飞到了遥远的碧波之中不见了踪影，留给你的只有赤裸的沙滩顽皮地横陈眼前。

　　岁月如一把刻刀，雕塑着人的一生。

　　而大海卷起的波浪，又何曾不是一把锋利的刀，对海岸任意宰割和雕塑。与人类所不同的是，我们任何对岁月的抗争都无济于事。岁月叼着玫瑰花看着我们以老死离它而去，之所以岁月从不伤感，因为新生命又诞生了。这是个结局早已注定的游戏，可我们还得前赴后继地陪着岁月玩着游戏。不然，岁月的寂寞更让人类恐惧。而海岸就不同，强大的内陆其实都是海岸的后盾。所以海与海岸，既是每天厮杀的敌人，也是唯一可以亲近倾诉的对象。两者之间的生存关系与生俱来，这种势均力敌的战争拼的是体力消耗，似乎谁在原则问题上都寸步不让。有时大海向海滩送来一些贝壳和海藻之类的海生物资，企图贿赂海岸，而海岸毫不客气地笑纳之后，仍不让大海越轨爬上来。这才引发大海的咆哮如雷，向海岸发动一次次挑衅。

　　大海真的是贫穷的吗？为什么在它的深渊里，存储了那么丰富的生命物质，为将来的大陆世界享用。"难怪达尔文那么渴望读到埋藏于海底的被封存的地球档案，他认为那里也许会有最初的陆地，因为地壳的升沉运动会在极其久远的年代里改变地球的面貌。"（约翰·巴勒斯语）

　　大海真的是富足的吗？"然而波涛之下潜藏着饥渴、阴郁和死亡。多么自相矛盾纷乱复杂的大海！掠夺之后又重新给予；像顽石一样贫瘠，又像沃野一样丰饶；像时间本身那样古老，又像此日今朝那样年轻；似命运般冷酷，又似爱情般温柔；既是众水之源，却又带着永无餍足的贪渴向它怀中的落难者发出讪笑；似千钧巨锤的致命一击，又似纤纤玉掌的销魂一抚；刚刚天崩地裂般拍打海岸，马上又轻手轻脚地爬上沙滩；既是陆地的排污池，又用它的呼吸带来清爽宜人的气候；恐怖的沟壑，绝望的深渊，

灾难的巨釜，然而健康、力量、美丽与神奇却又是它屋檐下的永久住民。"（约翰·巴勒斯语）

六

水 母

大海里生命的源头，以母性的名义

开出迷人的花朵。以柔软飘逸的触须

呈现生命的最美。你半透明的胴体蠕动

让我看不清你的器官和形状，或许本身就无形呵

我甚至怀疑你生命的真实性

可你分明随波逐浪的舞蹈，优美而让人怜爱

让人忘记你是海生物恐怖的代名词

你以放射的液体麻醉猎物

你成了古希腊神话中的美杜莎呵，你是魔鬼，你是
海妖

你桃红与紫色的尸体摊在海滩上耀眼的白净

面对水母的命运，我莫名地憎恨雅典娜的反光盾牌

……

关于大海，越是让我读不懂，就越是神秘。越是神秘的，越是让人好奇。人就是这么一个动物，于是有了《失眠者的海》。多年不曾写诗的我，在失眠之后，找到了寄生心中的水母。

七

　　孔圣人说过："道不行，乘桴浮于海。"其实他只是说说而已，自己忙碌一生，从来没有这样潇洒过，却给后世仕人一个暗示。于是就有一些仕途失意的人，有了乘桴入海，弃绝尘世之念。企图从此无忧无虑，了无牵挂。这种想法几乎成了后世文人的通病。

　　少年得志的初唐诗人张说因指责张易之兄弟诬陷魏元忠而触怒武后，被流放钦州（今广西境内），当他来到南海就想起了孔子的这句名言，他就想效法，乘桴入南海，但海的广阔无涯、波涛汹涌又让他望而却步，一句"乘桴入南海，海旷不可临"，把

这个才子想出世又担忧的矛盾心理跃然纸上。"茫茫失方面，混混如凝阴"的南海，可谓何其浩瀚，而欲乘桴的落魄之人孑然一身，显得多么渺小，反差之大，这让人对他不敢把失意的身心交给大海，表示同情与理解。海水并没有荡平他心头失意的皱纹。就连以豪放诗词著称于世的苏东坡被贬海南，也没有"乘桴浮于海"，对海的恐慌，让他的晚景惨兮兮的，以郁郁而终。我在海南，有心留意关于苏东坡的遗迹，却没有发现任何与之相关的东西。不知是真的没有，还是我无缘找不着。

如果说上面的两位诗人的行为完全属于被迫与无奈，那么晚唐诗人李商隐却是另一种出世方式，更能被后人接纳与追随。

而我，既不是官场人，也非文人，充其量不过是一个爱好文字的凡夫俗子，入世太深，就不存在效法之举。而凡夫俗子自有凡夫俗子的行为准则，虽说我也千方百计出去溜达一下，我称之为去旅游，散散心而已，说得酸一点，美其名曰采风。说穿了，我的失眠是短暂的，而大海的失眠是永久的。如果说我也怀有一些出世心态的话，而我的一切却是为了更好地入世。

月光里的海

一

　　海是碰不得的，尤其在月光里。

　　月光里的海，凄迷、泛滥、虚幻、苦涩，且又说不清、道不明。

　　这是阿华说的。

　　纷纷扬扬的月光，波涛汹涌的海，并非花好月圆。

这是田羽说的。

我和方明不说，心里却有点酸楚。

二

去年八月十六，也就是中秋的第二天晚上，我与方明、田羽从长沙飞到了海南。所谓十五的月亮十六圆，这海上的月亮呀，像是下到锅子里的汤圆，我用一个俗不可耐的比喻，的确是心里面升腾着一股热气。似乎心里面又包含了一种实体物质。那气象让我一时半刻，找不出一个准确的词来形容这种感受。

如果这时候让我给月亮贴个商标，一定是相思牌的。何况古人早就说了："海上生明月，天涯共此时。"怪不得田羽这一路忐忑不安，他内心的感受肯定要比我复杂得多，他时而喃喃自语，时而又喜形于色。而我更多的是来自大海本身的感受，觉得要比田羽单纯得多。细心的方明提醒我，成人之美，也是做了好事。可千万不要走漏风声，不然，会引起田羽的后院发生海啸的。

如此一来，我们就罪孽深重了。

记得田羽还说过他是土命，遇水就成了泥汤。

而阿华是水命，清澈如镜。

可他们俩相遇就是混浊的了。一个被溶解，另一个被洗刷。成了你中有我，我中有你了。按加斯东·巴什拉《论物质的想象》，河泥是水的尘埃，就像灰烬是火的尘埃一样，他们注定是不明不白的，一种剪不断、理还乱的情感纠结。

三

我们傍晚抵达了海口，阿华开车来接机。

这对我与方明来说，显然是托人家的福，开心不言而喻。的确，还要在这里玩上几天，有个向导兼东道主，我们不仅方便许多，而且还省了不少银子。我与方明沾了田羽的光，难免要对田羽高看一眼，也有羡慕的成分在里面。我和方明都是第一次到海南，无疑是人生地不熟。而田羽就不同，他在 20 世纪 90 年代中期只身闯过海南，待了一年半载之久，海口与三亚等地的每个角落都跑遍了，尽管他第二年就无奈地回来了。据说是停薪留职去的，后来单位催他回去上班，不然就要除名。权衡利弊，他是一万个不愿意离开海南，何况那时候，他在海口已经基本上稳定了，能在一家大的中外合资公司找到一份文秘工作，算是很不错的了。何况工作刚刚有了起色，哪肯轻易放弃？可他是父母的独子，父母整天牵挂他，一把鼻涕一把泪，这么一来，田羽的心就泡软了，义无反顾地回到了父母的身边。波拿巴特夫人曾说：孝心是各种形象投影的首要的积极的原则。可他这一走，阿华就哭成了泪人，阿华没能留得住田羽。儿女情长与孝心之间有时还是很难取舍的。我不知田羽的内心曾有过怎样激烈的斗争，但我知道，田羽常在我面前有意无意说起阿华，眉飞色舞，两眼放光。我听多了，心也烦，可田羽还是不厌其烦地说他其实是爱阿华的。从田羽嘴里得知，阿华一直还爱着他，十多年了，至今还没有成家。听说曾经试着找了几个男朋友，最后又一个个都放弃了，总是要拿人家

来比田羽，还一个个莫名其妙地被比下去了。在我们看来，阿华始终没有走出初恋的美好，没有走出那段最艰难的日子，那个鼓励与陪伴她的田羽。在阿华的心中，田羽是天底下最好的男人，大有非他不嫁的架势。尽管田羽回内地两三年后就有了妻儿，阿华还那么死心塌地地爱着他，并不计较他的婚姻。这个阿华也太固执己见了，宁愿把自己变成剩女，去当这个孤独的单身贵族。

　　我是无法解读他们曾经的那段感情的。

四

　　阿华曾先后几次来长沙和岳阳见田羽，作为田羽的朋友，我曾受田羽委托去做过阿华的工作，不要把过去的情感当成自己生

活的累赘，让她放弃。却遭到阿华的强烈反驳，说我没经历过这段情感是不懂得他们的这份感情的。

我没能够完成田羽交给我的任务。

于阿华来说，他们的这段爱情就像神话，让人产生无限遐想。

"如果遐想依附现实，它就使现实人性化，把它扩大，使它崇高。现实事物的各种特征，一旦被人幻想，它就变成可歌颂的品质。"（加斯东·巴什拉语）我不知怎样来评判田羽与阿华的海南之恋，年轻时的浪漫与冲动，无疑是难免的。我总感觉是一种冒险，就像旅行在海洋里，是一种体验，也是一种不可预知的冒险。海洋最容易让航行者失去方向，而所有的方向都是远方。大海让远方变得神秘莫测，这也许正是田羽身处内陆的时候，反反复复念叨着大海，而我只是略有所悟的原因。

这次，田羽却邀我与方明前往海南，不知是重叙旧情，还是另有打算，我不得而知。我不喜欢打探人家的隐私，尽管也有点好奇。何况所有的爱都永远不会摧毁我们最初的感情的历史优越性，才有了这次的千里迢迢之行。热爱一个人，如同热爱一处孤独的风景。这就好比一个人在独处时，就是在弥补一种痛苦的不在场，就是回忆起那种不会抛弃的不在场。当我们一旦以全身心热爱一种实在时，这种实在已是一种身心，这种实在也是一种回忆。人生最美不过回忆，在田羽与阿华的身上我们看到了。这也难怪后来方明反复跟我说：幸亏他们俩没有走到一起，彼此之间的一切才变得那么美好，而在方明的直观感觉里，他们这些鸡毛蒜皮的爱情故事，竟然是温暖的源头，他们陶然自得。其实他们恰恰在无限放大过去的每一个场景，每一个实际平凡的经历，包括生活的点点滴滴。

五

海风习习，椰影摇曳。

月光奢华，铺天盖地。

阿华领着我们找了家近海的五星级宾馆，我们把行李一丢，就火急火燎地直奔大海，全然忘了还没吃晚饭。

两个久别的人重逢，那份依恋之情理所当然让人产生嫉妒。

所谓"海上生明月，天涯共此时"。我与方明不忍回头，径直走到海滩。

阿华，四川绵阳人，20世纪90年代初闯海南，那时才二十出头，端过盘子，摆过地摊，开过小餐馆，一步步挺过来，凭着那股子山里人不怕吃苦的耐性，坎坎坷坷走过来，个中苦楚只有她自己最清楚。现在终于扎下了根，把户籍都从绵阳迁到海南了，还把自己的几个侄女也弄来了海口和三亚，替她打理店面。

她说她这辈子最大的理想就是要开全国连锁店，开100家。目前还只有3家，她的这个愿望能不能实现，有待时间的检验，我说不好。

在海滩上，我已经情不自禁地脱了鞋，挽起了裤脚，赤脚踩在海水里。

好多年没打过赤脚，我的脚板认生，酸痒。可海浪涌过来，这种感受就很快消失了。月光下的海，层层叠叠，波浪卷着波浪，队形齐整地扑过来。我挽起的牛仔裤早已经溅湿了，这让我

反而变得放肆。既然打湿了脚板，还在乎打湿裤脚；既然打湿了裤脚，何不趁此下海游泳。

月光下游泳的人不少，可我的游泳衣还在宾馆里忘了带出来，实在有点不方便，何况手握一个尼康单反相机，由不得自己的性情。

方明一手提着皮鞋，一手在沙滩上捡海贝。我使劲按快门，抢拍了好多张月下拾贝的相片。而田羽与阿华在海滩来回走动，那踩出的两队脚印已经被潮水擦了无数遍。快 11 点了，在他们的反复催促下，我才上岸，赶到一个叫"李记"的海鲜大排档，算是晚餐与宵夜一起了。

六

随后的几天我们来到三亚，去了南海拜见南海观世音菩萨，也逛了街，穿了巷，游了泳，晒了太阳，还购了物。应该满足吧？可我心中总是有一种特别的感受，以一首诗《亚龙湾》来表达：

我是空运来的

我的肩头无一物，除了我的肉身

我还活着，被大海吐了出来

我喂不了海鱼，所以我泡得再久

也不见得新鲜，不新鲜的陆地动物

我还活着，而属海的东西乘飞机

还能活多久？在亚龙湾

我不能与海鲜交换位置，就像空运的海鱼顶多新鲜

几天

我发现自己像个叶公

莫名地，开始厌倦天体的镜子

光源如针灸，封住我思想的穴位

大海啊，你不过是另一种形式的沙漠

而我不是淘金者

海市蜃楼只是一个画饼

在饥饿的时候，舔舔干涩的嘴唇

啊，张三的饼，谁的亚龙湾

那夕阳下的沙滩，那撕碎海浪的手

请擦掉我的脚印吧，像擦掉一行蹩脚的诗

我站在浩瀚的椰风中

猛然喝了几口淡水，留下空瓶子

盛下亚龙湾的时光

我迷恋月下的海。可海是赶不动的，尤其是月光里。这也是
我赶过海之后的感受。

七

去了一次海南之后，也就是碰过一次海，我就匆忙地回到了
我的内陆城市，我曾以为我只是过客，是可以把海抛之脑后的，
我要重新投入我的凡俗生活，这里有我讨生活的饭碗。我不能因

为喜欢海就不要饭碗了，那叫忘命，不见得就能获得海的认同。一个人如果在挨饿的时候，吃才是宗教，吃饱了才有心思追求精神享受。物质是生存的先决条件，其次才有精神层面的需求。所以我在看海之后，仍然选择放弃海。就像你喜欢阳光，也别奢望拥有太阳。太阳是公共的，谁也独吞不了。即使在芸芸众生中，碰见了一个心仪的美人，这种心仪往往是单向的，人家不认识你，她注定从你身边走过去了，消失在茫茫人海里，或许这一辈子也看不见了。除非在记忆里回放那刹那的感觉，也只是一时的心理慰藉，这种遇见且随着时间的推移，连感觉也会慢慢模糊淡化，以至彻底忘记。我并不知道，也不想去探讨记忆是否有存储空间，这空间是实体的，还是虚拟的，也不想纠结记忆的储存方式。我只知道自己的大脑里塞满了大海，还是经过压缩的，却还是快要挤爆我的记忆空间了，令我的大脑系统慢下来，我却不知要如何清理删除储存在记忆里的信息，而显得十分茫然、无助。

八

　　不知谁说过：其实每个人心中都有一个大海。回来后，方明几次在我面前埋怨田羽与阿华，只顾自己恩爱，连天涯海角也不带我们去。的确，不去天涯海角是一个遗憾，方明特别邀我找时间再去一次，一定要到天涯海角。于是，我写下了《天涯海角》的诗歌：

　　　　走到了天涯，是第九十九步

还剩最后一步

抵达海角

仿佛是个谬论

我把真理留给了下一次

多么像拐弯的疾风

没有抹角，就走了

以这样的方式，撤出琼州海峡

那多情的石头，扬起波浪的手绢

在海岸中翘首

我知道，我会慢慢地老去

退潮的波浪一样老去

对古老的传说反应迟缓

仿佛是个悖论

我宁愿在江南的雨天

让自己心疼几下

我并不以为放弃是多么轻松的事

像痛风一样纠结

在某一个雨夜里

死去活来地想你

想过之后，黑夜海水一样漫过来

我会慢慢地淹没，石头一样老去的骨骼

因迟疑而短暂

因黑夜而永恒

……

这首诗无疑表达了我的一种心境，还有愿望。

九

前些天，田羽邀我到月下的院子里散步。

我把方明邀我再去海南的想法告诉他，也希望还是我们仨结伴而行。

田羽停顿了片刻，叹了口气说："不去了，再也不去了！"

这让我感到吃惊。他终于忍不住告诉了我：那次他们相约海南，并不是去重温旧梦，而是去做一个彻底的了断。从此，他与阿华天各一方。

怪不得阿华不让我们去天涯海角，原来如此。